낮달이 있는 저녁

일송북 시선

낯달이 있는 저녁

이기홍 시집

차례 ....

....

저녁
이는
달
낮
있
저

1

부

의자

온종일 사느라 바쁜 당신을 위해

의자 하나 내놓았습니다

와서 쉬어요

가을 풀잎 흔들리는 언덕에 혹은 내 마음에

그대를 위해 내 한 곁을 두고 있습니다

그대를 기다립니다

그대 오시면 나는 그대 왼편에 앉아

함께 석양을 봅니다

저기 저 구름처럼 흘러간 세월

아쉬워 눈물 흘리다 그대 얼굴 바라볼 거예요

사느라 지친 당신을 위해

나무 의자 하나 내놓았습니다

소녀

달은 밝은데
가스나는 자꾸
돌을 던진다
사랑방에 할머니도 놀라겠구마는
자꾸 돌을 던진다
그냥 나를 부르지는 못하고

어머니가 사립문 닫았더니
마당에 달빛 내려와 앉는
가을밤에
가스나는 자꾸 돌만 던진다

내 속도 다 타는데
어쩌자고
자꾸 돌만 던진다
귀뚜라미 놀라서 숨던
가을밤에

시의 그늘

시에는 삶의 땡볕 아래 쉬어 갈

그늘이 드리워져 있어요

시에는 애틋한 율동이 보여요

시에는 음악이 있고

지고한 사상이 숨어 있어요

시에는 아름다움이 지펴지고

시에는 치유가 있고

시의 그늘 옆에는 휴식의 의자가 있고요

시에는 값싼 노동의 거친 환부가 보여요

몰락한 사랑과 이별이 있어요

그래서 아직 나는 시를 잘 몰라요

어둠 속에서 혼자 생각해요

나도 누군가 와서 쉬고 갈

그늘 하나 만들어 드리고 싶어요

마늘

뿌리 뽑힌 마늘이 나란히 묶여서
트럭에 실려 어디론가 가고 있다
차마 못 떨군 흙이 그것도 뿌리라고 악착스럽게 붙어 있다

쫓겨 떠난 삶이 하나 둘일까

뿌리도 다 못 내리고 쫓기던 사람들을 가없이 생각하는데
늦가을 햇살이 야무지다

것들

숨어 지낼 것

술도 쉬어 볼 것

한 사흘 잠이나 잘 것

동정도 위로도 받지 말 것

책을 멀리할 것

신문을 읽지 말 것

굶어 볼 것

폐인이 되어 볼 것

소식을 기다리지 말 것

무위도식에 빠져 볼 것

자유로울 것

걱정하지 말 것

앞당겨 살지 말 것

일기예보에 신경 쓰지 말 것

찬바람

지나간 우리의 시절은

새떼처럼 즐거웠고

녹음으로 우거진 희망은 이슬로 빛났다

세월은 오직 사람과 함께 가는 것

우리는 비키지 못하고

나뭇잎들 먼저 늙는다

두려워 마라

생의 여행은 끝이 나야 끝이고

그리하여 다시 시작이다

찬바람이 불면

미루어 두었던 성찬을 차리자

갚지 못한 모든 사랑의 빚

보증서에 다시 인장을 찍자

구월이 오면

그대여 구월이 오면

뜨겁던 머리부터 식혀야 하리

빈 가슴 한쪽도 채워야 하리

어쩌면 슬픔처럼 떨어지는

꽃잎도 두 손에 담아야 하리

누군가를 위해 기도하는 가을밤에는

풀벌레 소리가 후렴을 더해 주리니

그대여, 마음이 가난하면

참아둔 눈물을 울어도 좋으리

개기일식

어둠이 아름다울 수 있단다
슬픔이 아름다울 수 있단다
비 오는 날에 마음이 아리듯
첫눈 내리면 가슴이 먹먹하듯
사노라면 밝음보다 어둠이 좋은 날도 있단다
먼 데를 보며 가버린 사람을 그려 보는 어둠
어둠이 있어 사랑이 있단다

채송화

보리밥에도 키 크는 꽃

땟국물이 가득한 꽃

어디에 서 있어도 원망 없는 꽃

칠월 양달에 속 다 타는 꽃

가을비 맞아도 울지 않는 꽃

유년의 꽃 그림자

가슴에 서리는 꽃

끝물 매미 소리

거실에 편안히 누워

나무를 흔드는 끝물 매미 소리를 듣는다

그렇다

삽질하던 이에게는 삽을 놓지 마란 소리

노래하던 이에겐 계속 노래하란 소리

책 읽던 이에겐 책장 넘기란 소리

산에 오른 자에겐 두려워 말고 앞으로 가란 소리

고뇌하는 이에겐 지난날들 돌아보란 소리

희망을 잃은 이에겐 기다림을 사랑하란 소리

아픈 이에겐 힘내란 소리

과거도 미래도 아닌 지금

통증의 자리를 다스리란 소리

끝자락 매미 소리가 창을 넘어

가을 온다, 가을 온다

괜찮다, 괜찮다 하는 소리

처진 소나무*

첫눈이 오시는 날

운문사에 가서

처진 소나무를 보라

어깨가 많이 올라간 사람아

하늘 보기 부끄러운 사람아

무엇보다 세상을 사랑하는 사람아

그대 소망이 진달래 빛으로 멍드는 봄날

운문사에 가서

비구니들의 가벼운 걸음 소리

경내에 가득하면

범종이라도 울려 보고

올라간 어깨는 내리고

고통은 내려놓아라

멀리 사리암이 가파르게

첫눈이 오시는 날

그대 운문사에 가면

세상 근심 다 부려두어라

*처진 소나무 : 경북 청도군 소재 운문사 경내에 있는 소나무

제비집

나는 그대 안에 집 하나 지어 두고

밤이나 낮이나

비가 오나 바람 불 때

내 집이 온전하나 살펴봅니다

그대도

내 안에 집 하나 짓고

봄날 제비처럼

무너진 곳이 없나 삐뚤어진 곳이 없나

드나듭니다

비 새는 마음 없나 휘 둘러보고 날아갑니다

호박꽃

노란 호박꽃에
벌이 내려앉는다
쉿!
더위까지 숨죽이는
고요

여행

뿌리치고

속에 든 짐 부리고

떠나 보는 거다

여기는 잠시 버려두어도 괜찮으리

너의 마음속 오지를 나는 가 보리다

더운 유월의 꽃들이 바람에 일렁이는 고호의 섬으로

태양을 맞으러 가리

미래는 현재에 있고

나의 발걸음은 가벼워

눈이 오는 너의 숲길도 걸으리

그대 손 잡아주리

이 세상에 둘 뿐인

한겨울 밤의 눈발을 사랑하며

그대 붉은 입술을 사모하리

세상에서 가야 할 길은

그대가 만들어 주는

그 미지의 땅을 향한 길

그대 맞으러 떠나야 하리

여행을 떠나리

아파서 외로운

세상을 살다가 지칠 만큼 숨 가쁘게 살다가

이제 아파서 외로운 이여

네 무거운 머리를 뉘여라

잠시 푸른 하늘을 보아라

거친 생각에 네 눈에 뜨거운 눈물 고이리라

후회도 아쉬움도 다만 인생의 한 뿌리여서

석양처럼 잠시 익다가 떠나는 길인데

어찌 마음에 젖는 퇴락한 그림자 없으랴

부단한 고뇌가 짐이란다

아파서 외로운 이여

혹은 외로워서 아픈 이여

진정 그대는 억새 우거진 야산에 우뚝 선 나무였나니

외로워 보일 뿐이라서

그대에게 다시 강가의 아침이 오려니

고운 햇살이 그대 깨우려니

낮달

경자년 섣달 추위로 나를 낳으신 어머니

자식이 아프다 우시는 마음은

하늘 끝 어딘가에 눈물로 얼어

구름 꽃 하얗게 낮달이 서럽구나

11월 찬가

포도 위에 구르는 썩은 낙엽처럼

신다 버려진 낡은 구두 쳐다보듯

누구도 십일월을 노래하지 않는다

구시월처럼

화려하지 못하고

사월과 오월처럼

생기발랄하지도 못하여

일월과 이월처럼

앙칼지지도 못하다

삼월처럼

푸르지 못하니

유월과 칠월처럼

튼실한 기운도 없다

사람 중에도

십일월의 사람이 있다

아름다운 계절의 사람들 옆에 가만히

가만히 눈물짓는 십일월의 사람이 있다

가을 아침

고향(친구) 부고장
하나
문간에
이른 낙엽 되어
떨어져 있다

나도
오늘 같은 가을날
먼 길
떠나고 싶다

집

친구들에게

하룻밤

내 집을

내어주어

기쁘다

아내는

북엇국을 끓인다

행복

어머니가 보내준 *정구지를
아내가 무쳐서
막걸리 한 병 내놓으니
밤늦게라도 이만하면
행복하고 다행이다

취하거든
창 너머 살진 달이나 보란다

아내 마음이 부처다

*정구지: '부추'의 방언

2

부

가을 창가에서

사는 일이 슬픈 일이라고

결국 아쉬움이라고 나를 가르친 그대여

그대도 지금 슬픈가

가을도 저녁

창마다 가을이 물들 때

그대는 어느 찻집 창가에서 떨면서 우는가

삶이 슬프다고 혼자서 우는가

제 살을 못 채운 흰 달도 저기 걸렸는데

홀로 저리 갈길 못 찾는데

그대는 어느 창가를 지키며

삶은 결국 아쉬움이라고 그대를 누가 가르치는가

흐린 하늘에 내 마음을 쓴다

슬프고 아쉬운 그대에게 쓴다

한 사람

가을엔 생각나게 하소서

그 한 사람 생각하게 하소서

봄꽃이 피어서 지듯 여름 태양 이글거리다 식고

서러운 가을 앞에서는

단 한 사람

사랑했던 사람을 기억하게 하소서

왕조의 무덤처럼 허무한 세월을 비켜

조촐하게 다만 그 한 사람만 사랑하게 하소서

쓰러져 다시 돋은 저 가을걷이

아팠던 기억도 사랑하게 하소서

낙엽이 지면 홀로 걸어

생각나게 하소서

그 한 사람 사랑하게 하소서

마음 사람

눈으로 만든 사람,
얼음으로 만든 사람
햇살에 녹아도
마음으로 만든 사람
내 가슴 속 훈기로도 녹지 않고

봄이 와도 한 사람
내 마음에 앉아 있다

묵호항

내 가득한 그리움

타래 머리 풀고

묵호항

난 바다 바라보며

용서하리다, 그대

저기 떨어진 곳에

저기 떨어져 산 위에 늙은 소나무 하나가
저기 마을과 떨어져 초가집 하나가
저기 담벼락에 잔설 더미가

참새 떼가 푸드덕 날아간 뒤에
눈 닿는 허공에 새의 깃털 하나가

추운 겨울 골목을 휘어져 나온 여자 하나가
도시로부터 떨어져 울고 있는 겨울밤

바람

바람 한번 피워 보자

세상 눈총 다 받아 보자

사랑 한번 해 보자

가슴 한번 뜨거워 보자

파꽃 같은 연애편지를 써 보자

접시물에 빠져 죽더라도

한 줄의 시 같은 연애 한번 해 보자

비 오는 날의 해 뜰 징조처럼 겹으로 살아나자

내 나이의 사람아

사랑 한번 해 보자

바람 한번 피워 보자

솜이불도 차디찬 겨울밤

사랑 한번 해 보자

도토리 묵밥 같은 사랑을 해 보자

11월엔 마음이

채울 만큼 채웠나요
버릴 만큼 버렸나요
애인아
바람 소리마저 여위어 별도 보이지 않는데
애인아
사랑도 차올라 넘치고
울음으로 넘치고
삶의 강물은 출렁거려
채울 만큼 채웠나요
비울 만큼 비웠나요
애인아
가을 곁의 사람아
이제 떠나는 길에
다 비웠나요
다 채웠나요

가을에서 겨울까지

조금씩만 아파서

조금씩만 가벼워지자

아직은 수없이 많은 가을이

그대 곁에 머물고

낙엽마저 서성이니

등 같은 감도

하늘에 붉게 익어

그래

사랑이야, 사랑이야

겨울이 오기까지

그대는 그대대로 마음 비워 두어라

옛날식 그리움도 단풍들게 두어라

가을 밤하늘에는

별들도 잠시 행장을 여며

소풍 가고

겨울이 오기 전에

고운 그대여

그대 두 볼 다시 붉을까

내 마음만 설렌다오

연꽃

그대 깨끗한 나 하나의 사랑이여

희고도 흰 순수여

하늘의 푸름이 녹아 흰색의 꽃이여

세상에 꽃다운 꽃이여

사랑이여

사랑하는 그대를 보듯 연꽃을 보고 있나이다

설움 지우고 있나이다

보고픔 지우고 있나이다

가슴 가득 그대 안고 돌아가나이다

꽃그늘

꽃이 제 마음껏 피어
그늘을 만드는 것을
진작 알지 못했다
찬란하게 행복하면
그늘을 만들어 주어라
그대가 꽃이거든

약속

밤새

너를 기다렸건만

너는 오지 않고

'못 가요'

'기다리지 마세요'

이 말뿐이구나

검은 밤하늘에 밝던

별들마저

약속 하나 지키려

어디 먼 길 떠나고들 없는데

참았던 눈물

참았던 울음이라면

비는 내려라

어느 골목 어느 지붕에라도 내려라

손도 고왔던

그대 목소리처럼

비는 가을비로 내려라

아쉬운 사랑의 등에

아픈 사랑의 어깨에

참았던 울음이라면

비는 내려라

가을이야 거쳐 가는 계절

빗줄기마다 그대를 부르는 슬픈 목소리

외면하면 어떠리

비는 또 내려서

사랑은 다시 젖으리라

마지막까지 이별을 아쉬워 한

그대 가는 길에

가을비는 내려라

참았던 눈물이라면 비는 내려라

이별

가슴이 터질 것만 같다오

가슴이 터질 것만 같다오

저기

저기

떠나는 이여

가슴이 멍들어 터질 것만 같으오

오로지 다 비우고

터진 가슴골에 사랑만 숨겨두라더니

몰라요 몰라

저 귀뚜라미 울음 저리 에이니

내 가슴만 다 터질 것 같다오

눈물비

애절한 사랑으로

한밤 내 귀뚜리 울더니만

기어코 눈물비로 가을을 적시누나

가을날

빈 호주머니로도
떠나고 싶다
먼 길
그대의 가을이나
나의 가을이나
간이역에서 바라보는 들녘
붉게 물드는 가을이다
저기 저 하늘은 우리네 마음이라
눈물이 나도록 그리운 마음은
들길에 묻고
떠나고 싶다
가을바람처럼 울고 싶다

그 사람

그대에게 나는 그 사람

나에게도 그대는 그 사람

수많은 그 사람들 중에서

그대도 그 사람

그 많은 사람들 중에서

그 단 한 사람

찾다가 찾다가

보고 싶은

'너'

그대가 다른 사람에게

나에 관해 말할 때엔

나도

그 사람

슬픈 그 사람

너

너는 어디엔가 있고

언제나 있다

바람 소리 속에도

인연의 속살은 보인다

이인칭인데도 너는

꽃으로도 있고

나무로도 있는데

천둥으로 있고

벼락으로도 있다

밤일 때엔 아침으로

아침일 때엔 밤으로 있는

너는

있다

있음으로 슬프거나 있음으로 기쁜

와중에

생각의 샘에 낮달로 뜬다

너는

겨울비

한 천 년 전에

온

비가

그대 앙가슴에

내리는데

그 사연만 길어

술은 모자라지

모든 것은 동그마니

한 번에 튀어나오는 넋두리

응 그래

그래 맞아

쥐어진 주먹에 빗금 친 분노도

곧 재가 되는 일이라

겨울비 내리는 날은

그대나 나나 비가 되어

적셔줄 이 있음

그뿐.

한 천 년 전에 오시던 비가

우리를 적실 때

울 수 있음

그뿐.

벽면 사랑

동짓달 찬바람이 창문을 때리는

한밤 내

나는 너를 사랑하는데

이 사랑을 넌 알 리 없다

이 사랑을 너는 알 방법이 없다

넌 나를 보고도 보지 못하고

난 너를 면경처럼 늘 봐야만 하는

벽면 사랑

어디 마음 깊은 곳에 너를 두고서

나는 겨울 별처럼 신열을 앓다가

혼자서

사랑의 깊은 산골을 헤매 보면

네 마음이 필요한데

마음이 아프다는 것은 사랑이 있음이라

이 세상에서 너를 볼 수밖에 없는 운명

이 세상에서는 널 사랑할 수밖에 없는 운명

진정 네가 어느 곳에 있는지

지금 무엇을 하고 있는지 아는 나는

토끼처럼 순하다가도

야수의 발톱이 선다

너는 거기에 있고

나는 여기에 있어도

이승에 있는 한

너와 나의 사랑은 벽면 사랑이라서

이 밤도 나는 홀로 깨어

너를 사랑하고 있다, 깊이

블루 모텔

한 백 년 지나서
너와 함께한
바닷가 블루 모텔을 지날 때
파도 소리는 깊어가고
사연은
조도 낮은 불빛에 가득하리
그 어느 기억보다도 초조한
실내등이 켜지고
낯선 두 눈길은 젖어 마주치리
청춘을 지나서
실패한 사랑을 다시 도모하며
실낙원에 꽃나무를 심으면
모두가 연인이 되어
비틀거리던 선술집도 어둠에 싸이고
릴케보다는
애드가 앨런 포가 찾던
바닷가 여인의 등 뒤로
문이 닫히던 칠흑 같은 어둠

아무 것도 남기지 않는 사랑

아무 것도 기억하지 말자던 사랑

블루 모텔엔 추억만 있고

블루 모텔엔 망각만 있어서

청춘을 지나서

실패한 사랑을 다시 도모하며

파도 소리는 깊어만 가더라

3

부

시작

아기의 걸음마를 보면

나는 궁금해진다

어디로 가는 걸까, 뒤뚱뒤뚱

사월 풀잎을 보면

나는 막막해진다, 나풀나풀

시작이라는 것이

막연하여도

지금에야 하는 말이지만

언제나 시작인 것을

끝 모르는 시작인 것을

나 어찌 모르리

아침 해를 보며 다시 생각하리

어디로 해 넘어가든

노을이 시작되는 시간에라도

주저앉은 몸 일으키며

시작이라고 말하리

먼 길

내가 내 속을 걸어 나를 찾아가는 길은

멀어서 먼 길

고난의 숲길도

무지개 서 있는 유년의 길도 찾으러 나선 길

그 길에서 이방인을 만나서 술 한 잔하고

여자를 만나 사랑도 하고

가난하던 그리하여 몸도 가난하던

어머니의 유산을 등에 지고

밤길을 헤매다

별이 밝은 저녁을 밤 부엉이 우는 절벽에 서서

나는 내 안의 먼 길을 가고 있다

미안하다 미안하다

통증이 남은 상처여

내 이름의 자음 한 개가 닳아진 아침에도

햇살이 뜨거워

내 안의 먼 길을 나는 간다

대개는 후회의 빗소리뿐이지만

삐뚤어진 내 그림자를 안고 가는 길

아주 먼 길

태극기 아래 빈 칠판

삼학년 사 반 아이들이

체육수업 나가고

나는 태극기 아래 파란 칠판을 바라본다

삼십 년 전 첫 수업 때에도

나를 기다리던 태극기 아래 빈 칠판

그 칠판에 나는 무엇을 쓰고

무엇을 지웠던가

창밖에 진달래가 즐겁던 봄날

옥상을 두들기던 햇빛 속 여름방학 보충수업

아이들과 낙엽 쓸던 늦가을

눈보라에 질척거리던 겨울 운동장

시작종에 쫓기던 출근길

지금 나는 무연히 앉아

빈 칠판을 채우고 있다

교실

사각형 교실에서

아이들이 떠듭니다

사각형으로 떠듭니다

도무지 알 수 없는 언어의 깃발을 흔들며

사각사각 서걱서걱

수군수군 바스락

까까머리 마주 대하고

선생이야 떠들든 말든

온종일 노래인 듯 떠들지요

정치 경제 사회 문화 그리고 예술

아랑곳없다며

관심 없다며

오로지 입에 든 말만 쏟아냅니다

아이들이 가버린 오후 다섯 시

1학년 1반 빈 교실에는

34가지 아우성만 옹기종기 앉아 있답니다

과메기

늙은 아내가

과메기 다섯 마리를 껍질을 까 놓고서는 내게 먹으란다

고추 파 마늘, 김에 곁들여 입에 쏙 싸 주는데

자꾸 비릿하다

뭐가 하나 빠졌다

역시 과메기엔 소주라

소주엔 과메기라

나는 술을 먹을 수 없어

궁합을 놓쳐

결혼 못한 노총각 신세다

과메기에 소주 같은 친구

소주에 과메기 같은 여자

찾아볼 일이다

지갑

아껴야지 하며
하루 삼천 원 용돈 넣던
신혼 때 그 지갑

아내 몰래
현금 서비스 받아 만취해
택시에 두고 내린 지갑
오천 원인 줄 알고 오만 원을 택시비로 주고는
돈 색깔을 원망하던 지갑
호기롭게 지갑 열고 보니 빈 지갑이던
그 지갑
여윈 엉덩이에 아무런 느낌도 없던
얇은 월급봉투 그 지갑
지금은
비상금도 없이 아무렇게나
탁자에 놓여 있는
가난한 나의 지갑

일기예보

불안하다
미리 아는 것이 초조하다
왠지 큰비가 오거나
뇌우가 오거나
날이 엄청 춥거나 할 것 같다
종일 불안하다
모르는 대로 살 것을
그냥 이대로 살 것을
창을 열어 하늘을 보아도
사람의 마음은 미리 알 길이 없다

잠 오지 않는 밤

그렇게도 착한 그 친구의

아내가 아프다기에

밤이 다 깊도록 잠이 오지 않는다

차라리 자신이 아프지 못해서 가슴 아프다는 친구는

슬며시 아픈 나를 위로한다

이 시간 우리 나이의 누군가가 아프나 보다

죄 없이 열심히 산 지난 시간을 되뇌며

아내와 남편 두 사람이 눈물 흘리나 보다

닫힌 창문 너머 별들을 속으로 세며

오로지 가족만 생각하는 우리 나이의 남편

그리고 아내가 울고 있나 보다

티비 드라마보다도 밋밋했던 일요일부터 토요일까지를

미안해하며

둥근 탁자가 놓인 거실의 온기를 잊지 못하고

아내를 속울음으로 위로하는 친구 때문에

우리 나이의 모든 아픈 이들 때문에

나는 오늘 밤은 잠 못 이루려나 보다

사랑은 빛나는 것이 아니라 따스한 포옹인가 보다

점을 빼다

세상을 살다 어디에서 얻었는지

훈장처럼 얼굴에 점이 오륙십 개

아마도 죄의 숫자이거나

아마도 수치의 자리이리라

아내 등쌀에 그것들을 빼고 나니

그 점들이 내게 다시 달려든다

죄 없이 치욕 없이 살 수 없다고

점들이 점점이 나를 놀린다

사람이 살다가 죄를 짓거나 수치스럽게 살더라도

억지로 지우려 하지 마라

그런다고 순백으로 살 수 없다

점을 뺀 자리만 이곳저곳 쑤시고 아프구나

로드 킬*

저 빛들이 나를 몰아

나는 간다 나는 간다

빛이 있어 나는 간다

저 빛들이 나를 속여

달려간다

저 속으로 간다

부엌 따스한 온기를 어찌 잊으랴

담을 넘던 부드러운 착지도 한때의 그리움

저 도로의 붉빛들이 명멸하여 나를 지나는데

어찌 될지 모르는 밝음 속으로 나는 간다

*로드 킬 : 동물이 도로 등에 나왔다가 자동차등에 치어 사망하는 사고

구두 한 켤레

출근할 때에는 신어야 하는 인생

퇴근할 때에는 벗어야 하는 인생

한 켤레 구두를 탓하는 아내를 물끄러미 쳐다봅니다

새 것 하나 사지 못하는 나를 내가 용서합니다

가을 되면 한 켤레 새로 장만할까요

그리 되지 않을 질문을 했군요

가만히 낡은 구두를 혼자 쳐다봅니다

나이

우리네 지나온 세월은

감꽃들 망울 맺던 나이

더운 여름 해가 어서 지길 바라던 나이

열이 뻗던 가슴 나이

유성이 어둠을 갈라 망연자실하던 나이

가을비가 낙엽 지우던 나이

헤매어 골목길을 휘돌아

엉뚱한 곳에 정착한 늦바람 나이

겨울밤을 하얗게 앓던 첫눈의 나이

자꾸 아쉬움으로 신열이 도지는 나이

부부

봄비는 밤에도 내리고

온종일 부지런히도 내리니

아내와 나 둘이 김치찌개에 막걸리라

화분에 담긴 흰 꽃 붉은 꽃들은

자꾸 우릴 쳐다보고, 물끄러미

꽃피던 청춘을 말해 주지만

도돌이표 없는 인생길에 우리는 친구라

아내의 손을 잡으려 해도 부끄러우니

나는 아직 볼 붉은 소년이다

세월이야, 세월이야

고이지 못하고 흐르는 물

여름날 흐르는 구름으로 가고 싶어도

자식들 타관에 보내놓고 다시 마주하는 친구

당신은 나,

나는 당신

봄비는 밤에도 내리고

어둠 너머 지나버린 시간들은

자죽*만 남기고 멀어지고 있는데...

*자죽 : '자국'의 경상도 방언

꿈꾸는 바다

푸른 바다를 가야 하는데

가서 문 두드리고

그 낭하를 따라

친구의 속 깊은 이야기처럼

그 심연에 들어가야 하는데

여름은 분답다*

납죽이 엎드린 어판장 생선의 집들

너울춤 추는 바다로

북소리 내며 당당히 가야 하는데

여름은 분답다

세월은 왜 또 이리 더디게 가는가

게으른 남자는 아직 바다를 꿈꾼다

그러고는 금방 잊어버린다

*분답다 : '산만하다' 뜻의 경상도 사투리

친구를 위해

그대여

친구를 위해 어깨 한 쪽은 비워 두세요

시간의 한 틈도 비워 두었다가

부끄러이 문자라도 오면

뛰어나가 안아 주어요

그대여

친구를 위해 말씀 한 쪽도 남겨 두어요

우산도 없이 가을비 맞을라

술 취해 귀뚜리 소리 홀로 들을라

궁금하여 물어볼 인사말을 남겨 두세요

그대여

친구와 같이 바라볼 별 위치도 알아 두세요

서러운 날도 있었다고

가슴 털어 하소연하면

그냥 함께 그 별들을 바라봐 주세요

도무지 알 수 없는 세파 속에서

힘겹게 힘겹게 노를 저어 가는 저 바다에서

그대여

친구를 위해 그대마저 고달픈 그 손

그냥 한번 내밀어 주세요

가을날엔

눈부시거나

아프거나

아파서 쓰러지거나

쓰러져서 울겠지

울음 멈췄다가

억울하여 기다려 보기도 하리라

홀로 미쳐 보거나

기왕 미쳤으되 흰 달빛 눈에 담았다가

다시 울어 보기도 한다지

속이 뒤집히어 장작불을 피워

붉은 살점에 태워도 모자라니

흥건한 생활의 지시어는 그 혹은 저 아니든가

저 가을, 저 가을,

눈부시거나 아프거나

아파서 쓰러지거나

쓰러져서 울겠지

어느새

어느새 날이 밝더니
어느새 또 어둠살* 내리고
그단새* 봄인가 했더니
또 여름 지나 슬며시 가을이구나

눈부신 것은 오래 가지 못하고
굽이치던 파도도 풀이 죽고 말더라

우리가 가슴 속에 기억할 것은
대체로 영원한 것은 세상에 없더란 것이다

*어둠살 : 어두운 기미

*그단새 : '그렇게 빨리' 라는 뜻의 경상도 말

실랑이

간힌 나는

밖에 나를 이해 못 하고

밖에 나는 간힌 내가 우습다

온종일 이 둘은 실랑이를 벌이지만

따지고 보면 내 속에 간힌 나는 불안하고

내 밖의 나는 측은하다

보통 이 둘 간의 대화는 의미가 없으며

우유부단하여 절망적이다

이 둘은 소통이 불가하니

긴장하지도 않는다

숨어 있는 각각은 타인처럼 다르다

대체로 나는 내가 누구인지도 모르는 오류에 빠져 있다

간힌 나와 바깥의 나, 그 경계에서

파티

우리는 만나고

건배사를 하며 웃고

농담하듯 떠들고 유년도 되어 보고

어금니가 아프단 이야기도 들어주며

감나무에 까치집도 얘기했던가

친구의 위궤양 아픔도 위로하다 농담하며

우리는 파티에 있었다

짐승 같았던 젊음도 술잔 위에 부딪자 했다

서푼어치 농담에도 아름다운 밤이

스르르 문을 내릴 때

나는 하필

집으로 가는 막차

내 옆에 앉은 젊은 사람이 궁금하다

파티가 끝나갈 때 우리는 숙연하다

인생, 그 먼 지평선을 함께 바라보았기에

지금 창밖에는 비가 내린다

창가에 서서

나 홀로 겨울 창가에 서면

몇 개의 아내 닮은 화분은

겨울나기에 춥고

서울 근처의 첫눈 소식에

창을 흔드는 바람결이 마음결로 흔들릴 때

불안한 날

어느 이 떠나는 길도 외길일까

차가운 산은 검은 하늘에 숨었고

나는 더운 저녁을 먹었다

사는 일이 예사롭지 않아

한참을 나 홀로 겨울 창가에서

꽃잎처럼 떨고 있는데

야무진 어둠만

내 여윈 등을 휘감고 있나니

4

부

여행

마음아

여행을 떠나자

도시를 떠나

사람을 떠나

어느 산사에 있자

어느 벽촌에 있자

아니 어느 바닷가에 있으면

파도는 쉬운 음정이요, 갈매기는 네 친구 되리

마음아 내 마음아

떠나거든 뒤돌아보지 마라

먼데 네가 머물렀던 빌딩을 돌아보지 마라

꽃이 피는 속을 보라

곡식이 익는 저 너머 늦가을 참새 소리

좋지 않더냐 그립지 않더냐

버림이 얻음이요 떠남이 만남인 것을

빨간 백일홍이면 어떠냐

유년의 채송화면 또 어떠리

휘몰아치는 산사의 산 울음을 들어라

바다가 울듯 산도 네게 울리라, 마음아
하여 마 마음 네 꽃밭에는
비도 부르고 해도, 달도
별도 불러라
그러면 너와 달빛 가득한 들길을 걸으리
그리하여 행복하리
손금 가득 달빛 묻으리

고향에서

조그만 아내가 헛간에서
어머니와 감을 깎는다
달은 반달이고
별들은 파랗다
감잎들 바람에 쓸리어
그 소리가 애잔한데
마을은 고요하다
암소 우는 소리는 사라지고
재실 앞 당산나무도
이제는 없다

고향은 떠나는 곳
고향은 그래서 돌아오는 곳
북두칠성을 보고 있는
나는 지금 어린이

검은 어둠은 우두커니
주인 떠난 빈 집에서

늙어 돌아올 주인을 기다리고 있다

장마

비가 오던 날

학교 가던 길에

까까머리 징검다리 건너다

나는 나대로

자전거도

흐르는 냇물에 빠져

물이 가득한 책가방

배가 부르네

울 엄마 회초리

내 종아리 불이 나고

저녁에도 장대비

그놈의 장맛비

눈길

눈길 걸어서 구판장 돌아

샛촌 할매 집 가는 길

골목마다

눈은 내려서 쌓이고

사랑방 할머니 밭은기침 소리에

눈은 소리 없이 초가지붕에 쌓이고

땔감 나무 젖을까 걱정일 때

절골 산바람도 휑하니 불어

튼 손 부비며 심부름 다녀오면

사랑방 할머니가 화롯불에

담뱃대 불을 붙이던

온종일 눈만 내리던 하루

뻐꾸기 운다

온 산에 뻐꾸기 울 때
비알 밭*에 할머니가 밭을 맨다
'저놈의 부엉이' 하며 밭을 맨다
홑적삼 땀에 젖어
'부모 죽고 자식 죽고' 하며 운다고
뻐꾸기 나무랄 때
도라지꽃도 산바람에 마구 흔들렸다

*비알 밭 : '비탈 밭' 의 방언

언덕

개울물 소리 돌돌돌
뭇 별은 도란도란
이슬 먹어 배부른
반딧불이 떼를 지어 날던
유월 저녁
키 큰 미루나무 하나
고향 언덕 그리워라

애장터*

소낙비가 한줄기 내리고 나면

풀벌레가 마을 앞에서 서럽게 울었다

울음 중간 중간 별들이 모여 하늘에서 놀았다

빈속의 어미들도

허전한 배를 쥐고 울었더라

개골개골 무논의 개구리처럼 목이 쉬었다

영혼이 별이 된다는 밤에

어리디 어린 별들이 하늘을 지켰다

별빛이 익을 대로 익은 밤

별빛은

초가지붕 온기가 그리워

잠시 비추다가

이승을 떠나는 길을

마을 멀리 개 짖는 소리에

마을 어귀가 먹먹했다

전설 한 줄이 써지고 있었다

*애장터 : 아이의 '무덤 터'를 뜻하는 경상도 사투리

죽바위*

고향 가는 길 오른 편에 서 있는 죽바위

소나무 한 그루가 높이 외로운

하늘 아래 전설인 죽바위

중학교적 단발머리 소녀

김밥 싸서 소풍가서는

친구들 앞에서 진달래 피고 새가 울면 하고 노래하던 곳

나도 함께 노래하던 곳

진달래처럼 예쁘던 그 소녀가 궁금하다가

세월을 뒤돌아보는 내 어릴 적 죽바위

*죽바위 : 경북 청도군 각남면 녹명리에 있는 바위

녹두죽

할머니는 늦가을쯤이면 곧잘 감기로 앓아누워

밭은기침을 해댔습니다

그때마다 어머니는

밥 대신 녹두죽을 쑤어 흰 김치와 드렸죠

할머니는 드시다가 그 죽을 남겨 내게 주었습니다

나는 할머니의 감기도 잊어버리고

반쯤 남은 죽을 맛있게 먹었습니다

감잎 떨어지는 늦가을이면

할머니의 녹두죽이 먹고 싶습니다

수묵화

비가 오길래 친구가 그린 수묵화 속에 몰래 들어가

막걸리 한 잔 따루어 놓고 빗소리를 듣는다

수묵화 속에는 천년의 안개가 내리고

나는 속을 비우며 술잔 비운다

동자승도 자리를 뜨고

법당에 스님도 아랫마을로 출타 중이니

혼자 주인 되어 먼 산을 바라본다

보리밭

초저녁 쇠죽 끓는 말랑한 냄새에

참새 떼 기와 아래 숨는 어스름이라

굴뚝 연기는 포롯 포롯

눈이 내려 눈이 내려

푸른 달빛은 삽짝문을 지키는데

지천에 보리밭

저 너머까지 가난의 밭

가르마로 빗긴 밭둑

차마 인고의 세월을

차운 눈 반찬해서 밥 지어 먹고는

슬금슬금 푸른빛을 돋우어

이제 하늘의 별도 수타* 돋아나려나 보다

먼 데 소 울음소리에 밤은 더 깊어

지천에 보리밭

가난의 밭고랑엔

목욕한 달빛만 절로 무성하였다

*수타 : 숱하게

곰탕

곰탕 한 그릇

겨울이어서 좋다

삶의 김이 모락모락

김치 같은 친구

썬 파 같은 사랑

둘둘 말아 세상을 먹으면

후루루 근심이 비켜나고

노동의 따끈한 하루

감사하니 푸근하다

가난한 자여

곰탕 한 그릇 같이 먹자

세월에 슬픈 이여

곰탕 한 그릇 같이 먹자

빈 감나무에 삭풍 불어 외로울 때

감히 어찌 두꺼운 외투를 바랄까

후루루 세월을 말고 투정도 말아

김치처럼 살자

썬 파처럼 살자

겨울밤

초가 마을은

하늘 총총 찬 별을 이고서

당산나무 삭풍은

춥다 춥다 하는 데

뒤안간*에 시래기 매달아

겨울을 나야 하는

어머니의 손길만 바쁘니

쇠죽 끓여 따스운

사랑방 쥐새끼들

천정을 왔다 갔다 살판났더랍니다

*뒤안간 : '뒤뜰' 을 이르는 경상도 사투리

비질

서른 어머니가
마당을 씁니다
사십 어머니도 자꾸만
같은 집 같은 마당을 씁니다
감잎도 쓸고 눈도 씁니다
몽땅 빗자루가 닳아지면
닳아진 만큼 무엇이 늘어날까요
어머니 가슴팍에 모진 세월이 물결입니다
칠십 중반 어머니는
오십 중반 아들이 안쓰럽습니다
아들도 어머니 가슴 뜰에
떨어진 잎들을 쓸어 모읍니다
긴 동짓달 겨울밤에 별은 지고
지나는 바람만 창문을 흔드는데
어머니는 자꾸만 감을 깎습니다
깎아진 만큼
세월 주름살에 강물이 흘러
귀뚜리 소리도 떠나버린

댓돌 난간엔

가만히 십일월이 지나가고 있습니다

내 등을 두드리는 그 무엇

벌초하러 가는 길처럼 헤쳐 살아가는 날들이 길 때

내 등을 두드리는 그 무엇이 있어

내 안의 이끼 낀 탑은

나를 연다

언젠가 지나간 빗자국

안개 푸르던 새벽으로

탑신은 가렵다

아직 오지 않는 이는 영원히 오지 않는다

그리하여 나의 등은 여위었다

지금 내 등을 두드리는 그 무엇이 있어

탑은 바람 소리에 목이 길다

달

그날 밤 헤어져 오다

달을 보며

어디 두고 보자

어디 두고 보자

혼잣말이 다시 애닯아

나는 아직 그 달을 두고 봅니다

귀뚜라미

어디선가

네 소리

철이 든 소리

이별의 소리 없이

여름은 어디로 갔나

홀로 우는 네 소리 닮아

이제 나도 너를 배운다

아무려면 어떠랴

그리 울어다오

고향이 그리워 홀로 우는 사람

지난 사랑이 눈에 맺혀

술잔에 우는 사람

이제 가을이 넘치도록

귀뚜라미야

귀뚜루 울어다오

사람

아이들이 잠자리를 잡아

다리를 떼어내거나

뒷 몸통을 자르고 지푸라기를 넣어

날려봅니다

강아지풀로 개구리를 잡아

똥구멍에 바람을 불어넣어

패대기도 쳐봅니다

아이들이 웃통 벗고

반바지로

먹을 감고는

돌 위에 뱀을 구어 맛을 봅니다

귀뚜라미를 잡아

어디서 소리가 나나 소리통을 찾아봅니다

싸움에 진 소의 뒷발을 휙 차버립니다

지금 생각해 보니 사람이 참 발칙합니다

겁

지게 작대기만한 푸른 뱀도

앞산에 도깨비불도 무섭지가 않았다

장마로 윗마을 못이 터진다 해도 두렵지 않았다

아버지가 노름으로 문전옥답 다 넘겼다 해도 울지 않았다

별이 줄줄이 떨어지는 여름밤에는 반딧불이가 좋았다

그런데 이제 나는 어른이 되었나 보다

자꾸 내가 무섭고 두렵다

내가 살짝 아픈 게 크게 두렵고

아들과 아내도 두렵다

밥벌이가 두렵고 내일이 두렵다

나는 내가 무섭다

미련

떨어지는 잎은 미련이 없다
낮은 어둠에 흔쾌히 자리를 내주고
강은 흘러 바다에 든다
만남의 자리에
이미 이별은 자리 잡고
그리운 생각을 버리자 해도
고향은 언제나 마음에 있다며
지나간 사랑은 슬퍼 아름답다
여름 꽃이 져 봄이면 찾아들고
별이 지던 자리에 별이 또 자라니
사람아
그리운 사람아
가버린 세월에 키가 자라는 미련을
가로등으로 켜두고 외로워 말아라

5
부

가을 하늘

애인아 우습지

얼른 저 하늘을 봐

저 파란 가을 하늘을 봐

가쁜 숨을 누이고

지친 어깨를 부리고

애인아 우습지

저길 봐 저 하늘을 봐

평균에 모자라 떨고 울던 우리

젖자, 젖자

가을빛에 젖자

주어서 행복한 얼굴로

우리도 마주 보며 찬란한 가을이나 될까

가슴에 숨겨둔 젖은 언어를

가을빛에 말리면

온 세상은 시가 되리니

자음과 모음

내가 자음으로 외로울 때

너는 고운 모음으로 내게 서다오

내가 모음으로 혼자 있을 때

너는 달려와 아름다운 말을 만들자

이 세상은 넓어도 좁은 곳

우리 만나 하나 이루자

땅에 나무 심듯

네 마음 방생하듯

우리 하나 되자

긴긴 어둠의 밤을 밝혀 줄

화톳불의 언어를 만들어 보자

네 고운 모음 곁에 나는 자음이 되마

네 고운 자음 곁에 나는 고운 모음이 되마

하나로 완전한 채

우리 어느 문장에 들어가

여운도 예쁜 추임새나 되어 보자

헤세의 구름

비 그친 뒤 숲은

헤세가 사랑한 구름과

그의 방랑길

나무는 잎잎이 반짝이는 보석

호수 물결은 평화롭다

헤세가 지나친 마을들과 교회당

그리고 처녀들은 보이지 않아도

홀로 헤세처럼 걸으며

마음은 동경으로 가득하고

나무 아래 잡풀들도 성성하니 풍요롭다

오르막길은 거칠고

내리막길은 무섭더라도 헤세의 정원을 그리며

나는 홀로 방랑자가 되어라

너의 시

너의 시는 둔탁해서

너의 시는 소란하고

너의 시는 한 줄의 곪은 상처

또한 너의 시는 포식하여 겨우 일어서는 언어로구나

사실은 너의 시는 육욕이거나

붉은 살로 비대하여

어린 날 술집거리에서 토하던 소리

너의 시는 독수리 아닌 참새

너의 시는 허위의 화살

너의 시는

세월에 진 정든 꽃잎

너의 시는 네 마음의 언어라면서도

정돈 안 된 아귀다툼이어라

네 나이의 너의 시는

우리말

누구보다 우리말을 사랑합니다

착하고 다정하고 포근한

너무나도 이쁜

우리말이 좋답니다

한자 섞은 거 말고요

영어 들러붙은 거 말고요

두엄 같은, 고추잠자리 같은,

외꽃 핀 여름

할머니의 그 할머니의 세월 주름살로

막걸리나

미리내 같은

그런 우리말을 사랑합니다

그런 친구가 좋고요

그런 냄새가 좋아요

한겨울 차가운 방에 이불 같은

아궁이 속 활활 타는 장작불 같은

그런 사람

그런 우리말이 참 아름다워요

멍멍

들을 걸 못 들었나
귀가 멍멍

못 들을 걸 들었나
귀가 멍멍

가을 빗소리가 멍멍
노란 가로등 그 소리도 멍멍

어머니 한숨 소리에
감잎 떨어지는 소리도 멍멍

귀가 멍멍

실어증

말이 없어졌습니다

말이 달아난 것이죠

잃어버린 것인지

잊어버린 것인지

도무지 말할 의욕이 없습니다

그렇다고 타인의 말이

정겹거나 살갑지도 않고

그러다 보니 어느 순간 불안하기까지 합니다

옹알이부터 다시 배워 볼까요

열심히 책을 읽을까요

이도 저도 아니면

말을 풀어놓아 버릴까요

도대체가 말이 갈지자걸음이요

내 말이 저 건너편을 가지 못하니

참으로 걱정이 아닐 수가 없습니다

그대의 말도 내게 건너오지 못하는

묘한 방언으로 남을 때

우리는 서로에게 무슨 상징을 교환할까요

나는 지금도

내 잊어버린 말들을 속으로 불러 모아봅니다

잔디가 있는 까페

몽마르뜨 언덕 오른편처럼

잔디가 있는 까페에는

잔디 냄새보다

커피향이 더 다정하다

눈이 큰 두 여자가 테라스에 앉아

오후의 햇빛을 즐길 때

시월의 바람은 여윈 창을 두드리고

계절을 잘못 감지한 한 사내의

재채기가 방안을 울린다

조도 낮은 등불에

사람들은 괜히 춥다

잔디가 푸른 까페엔

어둠이 올 거라며

석양빛이 발그레 물들고 있다

나무와 새

새가 나뭇가지에 조용히 앉자

나무는 영문도 모르게 몸서리를 쳤다

새와 나무는 지는 해를 함께 바라보고

봄 햇살도 함께 기다렸다

계절이 깊어갈 때마다

나뭇잎은 새를 위해 춤추었고

새는 이해 못 할 노래를 불러 주었다

새가 허공을 날려 할 때마다

나무는 불안하게 출렁거렸다

가을이 깊어진 어느 날

바람이 몹시 불어

나뭇잎 다 떨어진 날

새는 먼 하늘을 날아가고

나무는 한 계절 내내

빈속으로 울고 있었다

낮달이 있는 저녁

내가 그랬잖아

저녁은 고양이 걸음으로 온다고

그랬잖아

저녁 무렵이면

낮달도 낮은 아파트 맨 윗 층에서 서성거릴 거라고

그래 다 그래

아내와 밥을 먹는 남편이나

남편과 다정한 아내나

저녁에는 낮달 하나 허공에 메어두는 일

뛰던 호흡을 가다듬고 뒤돌아보는 일

모두가 시인이 되는 일

바다가 그리운 일

걱정

이방 저 방 중에도 걱정의 방이 제일 크다

한 걱정을 덜어내니 또 한 걱정이 들어온다

사는 동안은 걱정하지 말자고 했더니

걱정이 걱정을 불러 걱정의 방이 좁구나

손에서 발까지

마음에서 가슴까지

걱정이 차 있구나

그대여

아름다운 그대여

걱정 없는 하루가 없어 걱정인 그대여

줄여라

그놈의 친구

느닷없이 줄이란다

줄여야 산단다

줄일 게 더는 없는데

뺄게 더 없는데 줄이라는 그놈의 말이

나는 참으로 어렵다

모두가 늘리고

명함에 직함 하나 더 넣고

연봉도 늘고

평수도 늘리는데

줄이란다, 줄이란다

줄여야 산단다

살아서 줄이는 일이라서

할 말이 많아도 말을 줄이란다

내 가진 것 없어 가난한데도

자꾸만 줄이란다

허리띠를 줄이기엔 이제

허기져 혼미한 내게

자꾸 줄이란다

줄여야 산단다

불면증

어머니
아내
아들
딸
남동생
여동생
여동생
나
그리고 모기 한 마리

뿔

뿔날 때의 뿔이 아니라
너도 나도 뿔 하나 있잖아
조상에게 맞아죽을 각오로
다 죽어 살아날 각오로
세상사 마음대로 안 될 때
뿔 하나 있잖아
깎고 깎은 땀이 이루어져
뿔 하나 되었더라
염소뿔처럼
소뿔처럼 예각으로 찍어 보리다
다시 각으로 뿔이 되리라
온몸으로 뿔이 되리라

지진

떨고 있습니다

크고 위대한 당신이 이렇게 분노를 못 참으니

두려운 사람들뿐입니다

가진 자도 못 가진 자도

종교 있는 자도 종교 없는 자도

나무도 풀도 덜덜 떱니다

헛된 몸에 두른 것들을 털어내라는 듯

위대한 당신 앞에 무엇을 해야 할지 모릅니다

여전히 당신은 위대합니다

가을날의 기도

가을 기도는 길지 않아도 됩니다

속을 다 내어 보여 진실하면 됩니다

지난여름 자국이 번연히 남아

삶이 무척 서러울 때

가을 기도는 난향이면 됩니다

그대의 하루가 난향으로 아름다우면

난 그만 행복합니다

그대를 향한 내 기도는 무척 짧지만

마음은 난향으로 충만합니다

가을볕이 더 가을입니다

말

볍씨 같은 말

갈잎 같은 말

산꼭대기 소나무 같은 말

말, 말, 말

사무치는 말

휑하니 바람 부는 말

어디를 한 바퀴 돌다온 말

시큼한 말

달콤한 말

소태 같은 말

바닷속 같은 말

확성기 소리 같은 말

무릎 치게 하는 말

눈물 나게 하는 말

마음 밭 쟁기질 말

혼자 있게 하는 말

동무의 말어머니의 말

맨 얼굴로 떠는 말

너와 나 사이에 오도 가도 못하는 말

말

두고두고 생각나는 말

안 하는 말

못 하는 말

말, 말, 말

아직

아직은

그대여, 쓰린 말들은 하지 마라

여름은 누구나의 계절

포도가 익을 때쯤

태양의 사랑을 할지도 몰라

그대여

아직은 실의의 자책을 하지 말라

그대 심장의 소리를

폭포수처럼 듣고 있나니

누구나 읽고 버린 신문지처럼

때론 고독하기에

고독하여 바르게 일어서야 하기에

잠시 잠깐의 여름 태풍에는

그대 휘청거릴 일 없나니

누리에 드리운 서기로

다시 일어나리라 믿으며

그대, 아직은 가야할 길이 있어

내가 그대를 참 사랑하니까

6

부

동행

세상 다 젖으라고

외쳐본 적이 있었던가

내가 젖고

네가 젖고

모두가 눅눅한 빗소리로 젖어

이제 그만 다투고

용서하고 안아 주고

쓰다듬어 주자

평등도 자유도

배고픈 이념도

가랑비는 아니란다

가난한 자도 젖고

배부른 자도 젖고

떠내려가자

함께 가자

네 작은 손 내게 다오

땀 냄새나는 내 등을 보여 주마

오랫동안 비 오리라

세상을 적시리라

내일을 어찌 알 수가 있나

이 혼돈의 나라에서

아시아에서도 약소국에서

너와 나 할 수 있는 일은

함께 웃거나 우는 일

어찌 하여 싸우느냐

어찌하여 이기느냐

비 온다 장마 비 온다

싸우지 말자

유월 저 하늘은

유월 저 하늘은 알고 있다

빨치산이 싫어

하직 인사도 제대로 못 하고

자유가 뭔지도 모르고

이념이 뭔지도 모르며

이 나라의 이름 모를 산등성이에서

피 흘리며 숨겨간 젊은이를 알고 있다

그의 눈에 비쳤을 핏빛 유월 하늘

누구를 위한 총성이었을까

마지막 호흡으로 부르짖었을

어머니

온 산천은 오로지 어머니를 부르는 소리였다

이 나라는 너무 많은 사람을 죽였고

너무 단단한 철책을 세웠다

아직도 옛집 앞에서

어머니를 부르며 서성이는 영혼을

유월 저 하늘은 보고 있다

날개

오른 팔을 너무 쓰지 마라

그 어깨가 아프리라

왼팔을 자주 쓰지 마라

그 어깨가 또한 아프리라

습관에 들어

시대가 어깨에 들어

좌이다 우이다 하다 보면

새들도 날개가 아프리라

그리고 날지 못하리라

어느 새도

기울어 날지 않고

어느 짐승도

기울어 걷지 않거늘

왜 사람은 자꾸 기울어 걸을까?

언제 깃발이 바람을 가려서 펄럭이던가?

나의 영토

나의 영토는 시도 때도 없이 바람이 불고

내 것 네 것 나누고도 적다 많다 싸우더니

옳다 틀리다 머리카락 쥐어뜯고

주먹 들어 욕하며

결국은 너 죽고 나 죽자 라서

내가 사는 아파트가 불안하고

발 딛는 땅이 불안하고

술집 천장이 불안하고

군인들의 국방이 불안하고 트럼프가 시진핑과 함께 불안하고

전쟁 게임하는 중학생이 불안하고

농사짓는 어머니는 호미질에 힘이 빠진다

자본가도 불안하고

전문업도 안전치 않으니

핵으로 헉헉대는 이 나라의 백성들은 계란 하나에도 불안하다

핵이 있는 저 곳도 불안하고

핵이 없는 여기 백성들은 영문도 모르고 헉헉대는데

위대한 자들이여

우리들 머리 위에 핵폭탄이 떨어져도

나의 영토

마지막까지 살아남아

내 영토에는 오직 조선 밀, 보리 심고

조선 숫소나 키울 테니

마실 물은 죽이지 마라

돌아오지 마라

아들아 이 나라엔 돌아오지 마라

원전 끄고 더운 나라

석탄 때고 환경오염 걱정하는 나라

이유 없이 쌀값 오르는 나라

자꾸 취업 안 되는 나라

백골이 나오는데도 적폐 캐는 나라

핵 때문에 헉헉대는 나라

국민연금 고갈돼도

대책이 없는 나라

골수 민중 불러 모아 촛불혁명이란 나라

연방제통일도 모르는 나라

전쟁도 평화도 까마득한 나라

티비 끄고 유튜브 보는 나라

오늘 끼니 값보다

내일 세금 값이 많은 나라

올겨울에 동태돼도

금수강산 파헤쳐 태양열 나라

멀쩡하던 나라 생일 바꾸자는 이 나라

이 나라엔 돌아오지 마라, 아들아

나의 주장

광주는 광주에 있고
대구는 대구에 있듯이
미국은 미국에 있고
중국은 중국에 있어라
얽히면 시끄럽고
섞이면 우중충하다
내 나라의 하늘은 내 나라의 것이다
아!
제발 나서지 마라
쪽박을 차든
그 집안 뒤지게 싸워 찌그러지든
미국사람은 미국에 있고
중국 사람은 중국에 있어라
닭은 닭장에, 소는 외양간에 있지 않나

알파고

잘했다

너는 다 이겨라

마지막엔 사람의 오만을 이겨라

갑돌이가 속으로 낄낄 웃는다

탐이 숨어 손뼉 친다

사람이 너를 만들었다면

너는 늙지도 말고

언젠가는 수명이 한 오십인 인간을 만들어라

그러면 좋으리

너의 족속이 지배계층이 되어

인간은 맹인으로 만들고

성 불능으로 만들어

욕심으로 늘 싸우게 하라

네가 바다를 즐길 때

인간은 네 졸개가 되게 하라

돈이나 세게 하라

치정이 판을 치고

평등은 죽이고

전제주의를 복원하라

알파고!

세상을 파괴하여 복구해 보라

그리 바라는 사람이 지금도 있을지 모르니

척박한 땅

그대는 이 나라에 태어나
노동을 사랑했고
가난한 자를 동정했고
자본에 저항하며 자본주의를 살며
정의를 갈구했더냐
그리하여 자본의 정의 앞에 그대도
쓸리는 낙엽이 되었구나
정치의 진흙 밭 속에서
뿌리 내리다 썩은 그대 신념의 뿌리가 가엾구나
그대가 지향하던 이 나라의 통일이
왼쪽 날개라서 고통이었나
그대가 미워한 자본의 유혹도
크고 빠른 썰물인데
어찌하여 그대는
불같이 더운 친구들을 버렸는가
정의가 해체된 나라에
정의를 심을 땅이 척박했더냐
대대로 싸움의 땅

지배와 피지배의 나라에서

외투 벗고 하직할 때

그대는 이 나라 백성만큼

정치를 원망했구나

동지들의 목쉰 함성

동학의 함성으로 들리더냐

자살의 공화국에서

어쩌면 타살도 자살인

삼만 달러 중진국에서

그대를 따르던 정의의 불은

내내 꺼지지 않으리다

시인

시인은 죽었다

처참하게 칼을 물고 죽었다

역사와 반도의 사람 앞에

지은 죄가 하도 많아

썩은 뿌리도 뽑지 못하고

반도의 잘린 허리를 부여안고

석 달 열흘 울다가 울다가

두견이도 불러 울다가

시인은 죽었다

도저히 막을 수 없는 탐욕이나

저 흐르는 부패의 골을

저 어둠의 골짜기를 검은 까마귀 떼

조국의 들을 덮는데

시인은 허망하게 죽었다

흰 피를 대지에 흩뿌리며

서러운 역사 하나 짓지 못해 죽었다는

그런 소식이 하늘에 씌어 있다

입춘

얼어붙었던 반도의 산하여

다시 풀리어라

저 깊은 산속에는

멧돼지들 장난치고

호랑이는 담배를 피우고

반달곰은 재주를 부리거라

동해에는 고래 등이 춤을 추고

풀린 압록강을 건너거라, 조선의 깊은 한이여

하나 되어라 민족이여

하나 되어라 사상이여

봄이여, 봄이여

나무

나무는 키를 재지 않는다

나무는 비탈도 마다하지 않는다

나무는 선 채로 잠자리를 탓하지 않는다

나무는 비바람에 굴하지 않는다

지배하는 나무는 없다

산은 울어도 나무는 울지 않는다

나무는 홀로 서 있어도 동무를 찾지 않는다

나무는 벗을 때 벗고 입을 때 입는다

나무는 나누어 가지니 천년을 산다

나무는 길을 내주고 새를 키운다

나무는 해를 사랑하여 그 해를 숨겨준다

나무는 어둠에 떨지 않고 밝음에 수줍어 않는다

나는 나무 곁에 서 있어도 나무를 닮을 수 없다

내가 이 세상 떠날 때

내가 이런 가을날 이 세상을 떠날 때

친구여, 떨어진 잎들로 나를 덮어 주시게

삶이 힘들었다고는 말하지 않겠네

시 한 줄 쓸 수가 있어서

기뻐하더라 전해 주시게

계절에 따라 옷을 갈아입는 저 자연을

나는 느끼고 떠나더라 말해 주시게

내가 죽어서 한 줌 재로 남을 때

부디 아무도 슬퍼 마라 하시게

빛은 곧 어둠이오

사랑도 자주 증오였소

그러나 친구는 친구였소

북두칠성이 있었소

난 그밖에 더는 몰랐소

눈물 향기를 아시나, 그대

부질없는 넋두리가 차라리 아름다웠소

내 혹여 이런 늦가을에 홀연 떠나면

그놈 참 신실하였다는 말이나 해 주시게

부탁이네

가볍다

내리는 눈발이 가볍다

바람아 건드리지 마라

가볍다 가볍다

가을 국화

꽃잎 낙하하는 소리가 가볍다

바람아 건드리지 마라

삶의 죽음이 가볍다

세월아 놓아 주어라

가볍다

별똥별

떨어졌다고

아이야 놀라지 마라

하루가 가볍고

지나간 세월도 가볍다

아내가 널어놓은 삶의 흰옷이

무척 가벼운 새벽

아파트 동별로 떨어진

불황의 시대

그 어둠만 무겁단 말이지

길

그 사람
한 길만 걸었네
칼바람도
막지 못한 길
그 길만 걸었네
옆에 아늑하고 포근한 길
웃으며 버렸다네
누추한 옷을 입고
야경꾼에 쫓기며
독초를 씹으며
버려진 길을 걸었네
암흑이었네
새벽을 백성에게 알리려고
온갖 고초와 신음을 깨물며
의식의 빗장을 여미며
걸었네 한 길만 걸었네
동지섣달 미친바람 속
울타리 만들어

행여 꺼질 불꽃 일깨우며

그 사람 걸었네

한 길만 걸었네

지금도 그 사람

한 길만 걷네

아름다운 나라

우리 그리 하자

모두가 행복한 나라

아름다운 나라로 가자

사랑과 인정이, 배려와 동정이 무성한 나라

위와 아래가 없는 나라

서울과 아닌 서울로 나누지 않는 나라

야합이 없고 미소가 있는 나라

건강한 나라 걱정이 없는 나라

재난의 물에 빠지지 않는 나라

돈으로 울지 않는 나라

아침 출근이 가벼운 나라

저녁 한 잔 술에 담론이 있는 나라

그런 아름다운 나라로

경계에서

세밑 친구의 서러운 이야기에
죄 없는 술만 축이 납니다
나이 수만큼의 시큼한 이야기
그 많은 이야기에
눈물 없는 생이 어디 있을까마는
말로는 못할 한을 짊어지고
그래도 아득바득 살아야지요
착한 친구는 울음을 웃으며
막걸리잔을 비웁니다
많은 것을 잃은 사람이 진정 세상을 압니다
그러고 보니
별은 삶과 죽음의 경계에서도 빛을 내리는데
무슨 말이 아픔에게 위로가 될까마는
이국의 밤처럼 친구가 외로울 때
나도 울음을 웃으며
마치 있지도 않았던 설움처럼
허허 웃을 때
속마음은 눈물 젖어 흥건했답니다

55세 사진

우리들은 사진을 찍는데

추억을 찍기보단

아쉬움을 찍고 설렘을 찍고

갈음을 찍고 놀라움을 찍습니다

사진 속의 너와 나 우리는

사진으로 남을 역사이기에 묘합니다

이야기하다간 이야기를 찍고

이름을 부르다간 이름을 찍습니다

노래하면 노래도 찍습니다

마음이야 늙을 수가 없는 인생 행로여서

불현듯 세월이 뛰어와 안부를 물을 때

너의 얼굴이 기억난다

나의 얼굴이 생각난다

이제 산이 아니라 언덕이라

이제 노한 바다가 아니라 정숙한 호수인데

우리는 자꾸만 사진을 찍고

사진 속의 '나' 들은 우리가 아닌 것 같아도

외면할 수 없는 사진 속 우리를 쳐다보고 있습니다

가난한 자의 소망

더 가난하게 하소서

더 비우게 하소서

더 낮음에 이르게 하시어

더 울게 하소서

그러나 그 울음이 간절하게 하소서

더 못나고

더 모자라고

그래서 잔돌을 닮게 하소서

아랫목이 식는 한겨울

싸락눈 내리게 하소서

그러나 몸을 내어준 늦가을 들판에 낟가리로

새들도 풍요롭게 하소서

맑은 두 눈으로 소중한 것들을 보게 해 주소서

그러니 너무 멀게도 너무 가까이도 머물겐 하지 마소서

끝까지 귀를 열어 듣게 하소서

가엾은 이에게 귀한 가을을 주시어

더 가난하게 하소서

더 자유롭게 하소서

울다가 지쳐도 일어나게 하소서

부디 별을 노래하게 하소서

에
필
로
그
와

해
설

모든 우연은 필연이다.

내가 추운 겨울 시집 한 권을 들고 서 있는 것도 우연이요 필연이다.

막걸리 한 잔 마시며 동창생 밴드에 콕콕 찍어 쓴 어줍잖은 시들은 나의 쓸쓸함이요, 나의 삶에 대한 사랑이었다. 현재는 과거에 대한 그리움이요 미래에 대한 불안이었다

이제사 말하지만 고마운 사람이 참 많다. 나를 시인의 반열에 들게 해 주신 은사이자 시인이신 도광의 선생님, 밴드의 흩어진 시를 모아 파일로 정리해 준 이상희, 이경식, 안치오 동기, 1천 편이 넘는 졸작을 읽고 평해 주신 문학평론가 이경철 선생님, 그리고 내 덜 여문 시편들을 기꺼이 출판해 준 천봉재 사장님, 밴드에 올린 시를 읽어 준 대건고 28회 동기생들, 이 모든 사람들의 은혜로, 나는 용기를 갖고 시를 더 사랑하게 되었다. 더불어 아내 강남희, 아들 강혁, 딸 현지에게도 고마움을 전한다.

이번 겨울은 어느해 겨울보다 따뜻하게 보내고 꽃피는 봄날엔

더 많은 우연을 필연의 사랑으로 꽃피우리라. 더 많이 느끼고 사랑합니다.

포항에서 이기홍

시심(詩心)의 샘물,
원광석 같이 순수한 시편들의 효험

이경철(문학평론가 · 전 중앙일보 문화부장)

"나는 그대 안에 집 하나 지어두고/밤이나 낮이나/비가 오나
바람 불 때/내 집이 온전하나 살펴봅니다/그대도/내 안에 집
하나 짓고/봄날 제비처럼/무너진 곳이 없나 삐뚤어진 곳이 없
나/드나듭니다/비새는 마음 없나 휘 둘러보고 날아갑니다"

-「제비집」 전문

지치고 다친 마음을 위무하고 치유하는 시편들

이기홍 시인의 처녀 시집 『낮달이 잇는 저녁』을 쭉 감상하면서
산골짝 샘물이나 공기 마시듯 청량했다. 가슴속에서 아무런 가미
없이 솟아오른 언어들이 속을 뻥 뚫리게 했다. 그러면서 허황되
고 가식적이고 난삽한 세상과 요즘 시들에 상한 속을 쓸어내리게
했다. 그런 시의 샘물 같은, 시심(詩心)의 원광석 같은 이 시인의
시편들은 동서고금 시의 덕목과 효험을 다시 한 번 일깨워 줬다.
 이 시인의 시편들은 그냥 쏟아져 나오고 있다. 별다른 시적 장치

나 수사 없이 터져 나온 언어들이 곧바로 시가 되고 있다. 그런데
도 소월과 이상과 백석과 서정주 등 우리 현대시를 열었던 시인들
의 시혼, 에스프리가 고스란히 들어있다. 동시 같은 즉물적 세계
부터 고단위 추상의 허정한 세계까지 망라하고 있다.

  아무 선입견 없이 있는 그대로 먼저 감상해 보시라. 이 글 맨 위
올린 시 「제비집」을 보시라. 제비집을 보고 '나'와 '그대'의 마음
을 떠올리며 쓴 이 시에는 어려운 말이 하나도 없다. 우리가 일상
서 흔히 쓰는 생활어들이다. '마음'이라는 말만 빼고 개념어 하나
없어 구체적이면서 그대를 향한 오만가지 마음, 그리움 그 고단위
관념의 추상을 간절히 전하고 있지 않은가.

  이번 시집에 실린 시편들은 그런 생활어, 살아있는 언어로 우리
네 일상과 시국과 향수와 그리움 등을 쉽고 솔직하고 감동적으로
전하고 있다. 특히 이 시인이 수십 년 간 동시대 시집은 물론 동서
고금 명시집을 읽고 홀로 시를 쓰며 깨친 언어관이나 시관을 그대
로 드러내는 시편들도 많이 눈에 띈다. 그래서 소통도 감동도 없
는 시로 끼리끼리 추켜 주며 독자들은 나 몰라라 하는 자폐증에 빠
진 작금의 우리 시단에 반성을 주는 시집으로도 읽힌다.

    "너의 시는 둔탁해서/너의 시는 소란하고/너의 시는 한 줄
    의 곪은 상처/또한 너의 시는 포식하여 겨우 일어서는 언어로
    구나/사실은 너의 시는 육욕이거나/붉은 살로 비대하여/어린
    날 술집거리에서 토하던 소리/너의 시는 독수리 아닌 참새/너
    의 시는 허위의 화살/너의 시는/세월에 진 정든 꽃잎/너의 시

는 네 마음의 언어라면서도/정돈 안 된 아귀다툼이어라/네 나
이의 너의 시는."

- 「너의 시」 전문

작금에 발표되고 있는 우리 시에 대한 구체적이고 직설적인 비
판으로 읽혀도 할 말 없게 하는 시다. 시인 자신의 오랜 시작(詩
作) 체험서 구체적으로 솟구쳐 오른 시이기에 조목조목 지당한
지적이다.

언어를 너무 포식해 너무 길고 정돈이 안 돼 소란스런 시. 한 줄
의 곪은 상처처럼 너무 자학적인 시. 높은 데에서 정확히 보고 단
숨에 포획하는 독수리 같지 않고 입방아나 찧은 참새 같은 시. 서
정시랍시고 "세월에 진 정든 꽃잎"처럼 그렇고 그런 감상 과잉
의 회고조 시들만 넘쳐나는 게 작금의 시단 아닌가. 그런 시단에
일침을 가하면서 자신의 시작에 경계로 삼고 있는 시로 읽힌다.

"그놈의 친구/느닷없이 줄이란다/줄여야 산단다/줄일 게 더 없
는데/뺄게 더 없는데 줄이라는 그놈의 말이/나는 참으로 어렵다"
(「줄여라」 부분). 우리네 삶도 그렇고 특히 정신과 정신적 삶의 총
화인 시는 더더욱 그렇다. 말 수를 줄여야 시가 깊어지고 풍성해
진다. 줄인 말의 행간에 생기는 여백에서 말로 드러낼 수 없는 오
묘한 것들을 말하게 하는 게 시 아니던가.

"어머니/아내/아들/딸/남동생/여동생/여동생/나/그리고 모
기 한 마리"

- 「불면증」 전문

말은 최대한 줄여 최대의 효과를 보는 시의 경제학을 이룬 시
다. 제목이자 소재인 그 성가신 불면증을 독자들에게 어떻게 효
과적으로 전해야 좋을까 하는 결실을 단박에 이룬 시다. 수만 언
어를 써서 묘사, 진술한다 해도 어떻게 이 시만큼 쉽고 선명하게
전할 수 있겠는가. 시에 대한 자잘한 설명 없어도 독자 분들도 아
무리 잠들려 용을 써 봐도 잠 못 드는 그 예민한 불면증에 다 공
감하시리라.

"시에는 삶의 땡볕 아래 쉬어갈/그늘이 드리워져있어요/시
에는 애틋한 율동이 보여요/시에는 음악이 있고/지고한 사상
이 숨어있어요/시에는 아름다움이 지펴지고/시에는 치유가
있고/시의 그늘 옆에는 휴식의 의자가 있고요/시에는 값싼 노
동의 거친 환부가 보여요/몰락한 사랑과 이별이 있어요."

- 「시의 그늘」 부분

시에 대해 말한 일종의 시론시(詩論詩)로 볼 수 있는 시다. 시는
땡볕 같이 치열한 삶, 혹은 화탕지옥 같은 실존의 질곡에서 나온
다. 그런 삶을 주저리주저리 늘어놓으면 그늘이 안 생긴다. 말을
줄여 생긴 여백, 그 그늘에서 시는 효험을 낳는다. 산문과 달리 시
에는 율동, 리듬이 있다. 그리고 사상이 배어 있다. 시의 리듬과
사상은 삶 한가운데서 구체적으로, 생동감 있게 우러나야 한다는
게 음악이나 철학과는 다르다.

"온종일 사느라 바쁜 당신을 위해/의자 하나 내놓았습니다/
와서 쉬어요/가을 풀잎 흔들리는 언덕에 혹은 내 마음에/그

대를 위해 내 한 곁을 두고 있습니다/그대를 기다립니다/그대 오시면 나는 그대 외편에 앉아/함께 석양을 봅니다/저기 저 구름처럼 흘러간 세월/아쉬워 눈물 흘리다 그대 얼굴 바라볼 거예요/사느라 지친 당신을 위해/나무 의자 하나 내놓았습니다"

- 「의자」 전문

시의 효험을 그대로 드러내고 있는 시다. 바쁜 그대, 삶에 지치고 다친 그대에게 평안과 위안을 위한 의자 하나 내어놓는 것이 시다. 삶을 더 복잡하게 만들거나 상처를 덧나게 하는 게 시의 효험은 아니다. 동서고금 변함없는 이런 시의 효험으로 우리네 일상과 시국과 그리움을 부드럽게 위무하며 둘러보게 하는 게 이번 시집 『낮달이 있는 저녁』이다.

일상서 우러나와 사실과 서정을 아우르는 시편들

"삼학년 사반 아이들이/체육수업 나가고/나는 태극기 아래 파란 칠판을 바라본다/삼십년 전 첫 수업 때도/나를 기다리던 태극기 아래 빈 칠판/그 칠판에 나는 무엇을 쓰고/무엇을 지웠던가/창밖에 진달래가 즐겁던 봄날/옥상을 두들기던 햇빛 속 여름방학 보충수업/아이들과 낙엽 쓸던 늦가을/눈보라에 질척거리던 겨울운동장/시작종에 쫓기던 출근길//지금 나는 무연히 앉아/빈 칠판을 채우고 있다"

- 「태극기 아래 빈 칠판」 전문

평생 봉직하고 있는 교단을 그리고 있는 시다. 학생들은 체육 수업하러 나가고 텅 빈 교실에서 교단생활을 둘러보고 있다. 평생 쓰고 지우고 했을 칠판, 그 텅 빈 칠판에 지난 삶 자체를 채우고 있다고 하면서도 보여주지는 않아 독자 스스로 자신의 삶을 둘러보며 쓰게 하고 있는 시다.

"출근할 때엔 신어야 하는 인생/퇴근할 때엔 벗어야 하는 인생/한 켤레 구두를 탓하는 아내를 물끄러미 쳐다봅니다/새 것을 사지 못하는 나를 내가 용서합니다/가을 되면 한 켤레 새로 장만할까요/그리 되지 않을 질문을 했군요/가만히 낡은 구두를 혼자 쳐다봅니다"

- 「구두 한 켤레」 전문

자신의 일상과 심사의 단면을 솔직히 드러내고 있어 재밌게 읽히는 시다. 다 떨어진 구두 한 켤레 새로 장만 해야겠다 생각하면서도 정 때문인가, 막상 또 그렇게 하지 못하는 것이 우리네 거개의 일상 아니던가. 그런 우리네 보편적 삶과 정을 일상의 한 단면을 드러내 씁쓸한 웃음으로 전하고 있어 좋은 시다.

"숨어 지낼 것/술도 쉬어 볼 것/한 사흘 자 볼 것/동정도 위로받지 말 것/책을 멀리할 것/신문도 읽지 말 것/굶어 볼 것/폐인이 되어 볼 것/소식을 기다리지 말 것/무위도식에 빠져볼 것/자유로울 것/걱정하지 말 것/앞당겨 살지 말 것/일기예보에 신경 쓰지 말 것"

나 또한 해가 바뀌면 으레 이 시 같은 반성문 혹은 신년 다짐을 쓰곤 한다. 어떻게 하면 일상으로부터 자유로워지고 기대나 그리움으로부터 마음 다치지 않게 할까 하고.

이렇듯 시인은 일상 중에 우리네 보편적 심사를 있는 그대로 털어 놓아 독자와의 공감대를 넓히고 있다. '것들'이라는 제목 자체와 '것'이란 명사로 단호하게 종결하며 의지를 드러내는 어미의 반복만 빼고는 전혀 시답지 않은, 꾸밈이 없어 청량감이 느껴지는 게 이번 시집의 특장이기도 하다.

> "내가 내 속을 걸어 나를 찾아가는 길은/멀어서 먼 길/고난의 숲길도/무지개 서 있는 유년의 길도 찾으려 나선 길/그 길에서 이방인을 만나서 술 한 잔 하고/여자를 만나 사랑도 하고/가난하던 그리하여 몸도 가난하던/어머니의 유산을 등에 지고/밤길을 헤매다/별이 밝은 저녁을 밤 부엉이도 우는 절벽에 서서/나는 내 안의 먼 길을 가고 있다/미안하다 미안하다/통증이 남은 상처여"

- 「먼 길」 부분

지나온 생을 반추하고 있는 시다. 우리네 일상은 삶의 행위로서가 아니라 이렇게 반추했을 때 의미로 다가오는 것이다. 그런 의미를 찾은 반추 행위를 그래서 시인은 "내 속을 걸어 나를 찾아가는" 먼 길이라 하고 있다.

자신의 삶을 둘러보며 "미안하다/통증이 남은 상처여"라며 이러

저러한 삶에 다친 마음을 스스로 위무해 주고 있다. 이렇게 시인 스스로 감동하여 위무하는 삶이라야 시는 독자들에게도 위안과 치유의 감동을 주며 삶 자체도 깊어지는 것이다.

"고향 친구 부고장/하나/문간에/이른 낙엽 되어/떨어져 있 다//나도/오늘 같은 가을날/먼 길/떠나고 싶다"

- 「가을 아침」 전문

두 연 아홉 행의 이 짧은 시, 울림은 참 크다. 앞 연에서는 가을 아 침 떨어지는 낙엽처럼 전해진 친구의 부고장을 있는 그대로 그리 고 있다. 뒤 연에서는 그것을 본 시인의 심사를 그대로 그리고 있 고. 사실대로 묘사하고 진술하고 있는데도 그 울림은 생사를 넘나 들 정도로 넓고 깊다.

이렇게 말을 줄이고 솔직 담박할 때라야만 시는 극사실(極寫實) 과 극서정(極抒情)을 아우를 수 있다. 친구의 부고장 하나로 우주 에 만연한 가을날의 풍정(風情)을 단숨에 사실적으로 잡아내 끝 간 데 없이 감동을 주는 극서정의 모범으로 읽힐 수 있는 시다.

이렇듯 이 시인의 시편들은 일상의 단면을 사실적으로 포착하면 서도 서정적 울림을 주고 있다. 시인의 속내, 과거의 회억(回憶) 과 미래의 예감이 켜켜이 쌓인 속마음으로 솔직 담박하게 그려내 고 있기 때문일 것이다.

시공(時空)을 뛰어넘는 서정을 일구게 하는 고향의 원체험

"조그만 아내가 헛간에서/어머니와 감을 깎는다/달은 반달이고/별들은 파랗다/감잎들 바람에 쓸리어/그 소리가 애잔한데/마을은 고요하다/암소 우는 소리는 사라지고/재실 앞 당산나무도/이제는 없다//고향은 떠나는 곳/고향은 그래서 돌아오는 곳/북두칠성을 보고 있는/나는 지금 어린이//검은 어둠은 우두커니/주인 떠난 빈 집에서/늙어 돌아올 주인을 기다리고 있다"

- 「고향에서」 전문

고향을 떠나 살다가 고향에 돌아와 쓴 시다. '고향', '아내', '암소 우는 소리' 등의 시어와 이미지에서 정지용 시인의 널리 알려진 시 「향수」를 떠올리게도 한다. 향수를 자아내는 시편 대부분이 회고조로 읊조리고 있으나 이 시는 고향의 현재를 단정하게, 사실적으로 보고 있다.

어릴 적 보고 들었던 당상나무는 베어져 없고 암소 우는 소리도 지금은 사라졌다. 그런 사라진 것들을 직시하면서도 삼라만상과 천진난만하게 어우러졌던 어린 시절, 그 개인적 신화세계를 다시금 간절하게 떠올리고 오늘도 그렇게 순정하게 살게 하는 것이 향수고 고향의 시공(時空) 아닐 것인가.

"비가 오던 날/학교 가던 길에/까까머리 징검다리 건너다/나는 나대로/자전거도/흐르는 냇물에 빠져/물이 가득 책가방/배가 부르네/울 엄마 회초리/내 종아리 불이 나고/저녁에도 장대비/그놈의 장맛비"

- 「장마」 전문

동시로 읽어도 참 재밌고 좋을 시다. 비도 살아 있고 자전거도 책가방도 회초리도 사람들과 더불어 평등하게 살아있는 활물론적(活物論的), 애니미즘의 세계가 동심의 세계 아니던가.

고향과 향수는 우리가 최초로 만나서 선도 악도 구별 없이 굉장히 즐거운 그런 세계를 환기시킨다. 그런 세계를 이 시인의 시편은 과거가 아니라 현재에 생생하게 살리고 있다.

"달은 밝은데/가스네 자꾸/돌을 던진다/사랑방 할머니도 놀라겠구마는/자꾸 돌을 던진다/그냥 나를 부르지는 못하고//어머니가 사립문 닫았더니/마당에 달빛 내려와 앉는/가을밤에/가스네 자꾸 돌만 던진다//내 속도 다 타는데/어쩌자고/자꾸 돌만 던진다/귀뚜라미 놀라 숨던/가을밤에"

- 「소녀」 전문

사춘기 시절 처음 이성에 눈뜰 때를 그린 시다. 그때의 상황과 설렘을 아주 사실적으로 전하고 있다. 아무런 치장이나 가식이 없이. 그래서 "귀뚜라미 놀라 숨던/가을밤에"란 서정적 구절마저 사실적으로 들리게 된다. 그 최초의 그리움, 설렘에 귀뚜라미나 가을 등 우주 만물이 동참하고 있으니.

이렇듯 시인에게 잊을 수 없는 원체험을 각인시켜 준 시공이 고향이며, 향수로 현재화되고 있는 것이다. 그러면서 고향에서의 원체험은 시 속에 서정을 확산, 심화시켜나가며 누구든 공감할 수 있게 보편화되고 있다.

"보리밥에도 키 크는 꽃/땟국물이 가득한 꽃//어디에 서 있

어도 원망 없는 꽃/칠월 양달에 속 다 타는 꽃/가을비 맞아도

울지 않는 꽃/유년의 꽃 그림자/가슴에 서리는 꽃"

-「채송화」 전문

채송화를 그린 참 맑고 애잔한 시다. 시인은 지금 이곳에 핀 채

송화 꽃을 시적 대상으로 삼고 있다. 그런데도 보리밥알 같이 다

글다글 피어오르는 그 꽃에는 보릿고개 시절 땟국물 가득한 유년

이 배어 있다.

  그런 "유년의 꽃 그림자"가 원체험으로 시인의 가슴에 서려 있다.

그러면서 채송화는 지금 시인의 눈앞에서 배고픔과 역경, 그리움

과 사랑, 그 애환의 원형처럼 피어오르고 있는 것이다.

  "경자년 섣달 추위로 나를 나으신 어머니/자식이 아프다 우

시는 마음은/하늘 끝 어디엔가에 눈물로 얼어/구름꽃 하얗게

낮달이 서럽구나"

-「낮달」 전문

한 페이지는 물론 두세 페이지까지 가는 중구난방의 긴 시편들

이 행세하는 작금의 시단에서 4행으로 짧은 이 시는 극히 정제된

극서정시의 정수로 읽힌다. 어미와 자식 간의 간절한 정이 온 우

주를 울리고 있어 서정주 시인의 「동천(冬天)」을 떠올리게도

하는 시다.

  "내 마음속 우리 님의 고운 눈썹을/즈믄 밤의 꿈으로 맑게 씻

어서/하늘에다 옮기어 심어놨더니/동지섣달 날으는 매서운

새가/그걸 알고 시늉하며 비끼어 가네"

- 「동천」 전문

서정주 시인의 단 5행의 이 짧은 시가 그리움에 우주 삼라만상을
동참시키고 있지 않은가. 이렇게 귀신까지도 감동해서 울릴 시편
을 쓰기 위해 많은 시인들이 오늘도 극서정의 전범으로 삼고 있
는 시가 「동천」이다.

이 시인이 고향에서 삼라만상과 어울렸던 원체험이 「동천」에
버금가는 「낮달」같은 시를 낳게 한 것이다. 이처럼 원체험을 현
재화하며 시의 깊이와 함께 서정적 효과를 극대화하고 있는 고향
과 향수의 시편들도 이번 시집엔 눈에 많이 띈다.

이 나라와 이웃의 현실을 염려하는 우국충정의 시편들

"아들아 이 나라엔 돌아오지 마라/원전 끄고 더운 나라/석탄
때고 환경오염 걱정하는 나라/이유 없이 쌀값 오르는 나라/자
꾸 취업 안 되는 나라/백골이 나오는 데도 적폐 캐는 나라/핵
때문에 헉헉대는 나라/국민연금 고갈돼도/대책이 없는 나라/
골수 민중 불러 모아 촛불혁명이란 나라/연방제통일도 모르
는 나라/전쟁도 평화도 까마득한 나라/티비 끄고 유튜브 보는
나라/오늘 끼니 값 보다/내일 세금 값이 많은 나라/올겨울에
동태 돼도/금수강산 파헤쳐 태양열 나라/멀쩡하던 나라 생일

바꾸자는 이 나라/이 나라엔 돌아오지 마라, 아들아"

- 「돌아오지 마라」 전문

'돌아오지 마라'는 명령조로 제목을 잡아 시작하고 끝을 맺은 강경한 시다. 행마다 '나라'라는 명사로 강경하게 마감하며 지금 이 나라 정책과 행정을 비판하고 있는 시다. 이렇듯 이번 시집에는 시국과 이웃을 걱정하고 비인간적으로 과속하고 있는 문명을 비판하고 있는 현실주의적 시편들도 꽤 있다.

"유월 저 하늘은 알고 있다/빨치산이 싫어/하직 인사도 제대로 못 하고/자유가 뭔지도 모르고/이념이 뭔지도 모르며/이 나라의 이름 모를 산등성이에서/피 흘리며 숨겨간 젊은이를 알고 있다/그의 눈에 비쳤을 핏빛 유월 하늘/누구를 위한 총성이었을까//마지막 호흡으로 부르짖었을/어머니/온 산천은 오로지 어머니를 부르는 소리였다/이 나라는 너무 많은 사람을 죽였고/너무 단단한 철책을 세웠다/아직도 옛집 앞에서/어머니를 부르며 서성이는 영혼을/유월 저 하늘은 보고 있다"

- 「유월 저 하늘」 전문

동족상잔의 6.25 전쟁을 떠올리고 있는 시다. 그때 이름 모를 산등성이에 숨겨간 전사자들의 유골을 아직도 발굴할 정도로 가시지 않은 전쟁. 아직도 "어머니를 부르며 서성이는 영혼"들이 우리를 가슴 아프게 하고 있다. 그런 전쟁과 분단의 상처가 좌우로 갈려 아직도 싸우게 하고 있다고 시인은 보고 있다.

"오른 팔을 너무 쓰지 마라/그 어깨가 아프리라/왼팔을 자주 쓰지 마라/그 어깨가 또한 아프리라/습관에 들어/시대가 어깨에 들어/좌이다 우이다 하다 보면/새들도 날개가 아프리라/그리고 날지 못하리라" (「날개」부분)라며 그런 이념 대결의 폐해를 일반적으로 말하고 있기도 하다.

지난 연대 독재시대에는 탄압받던 좌측 진보적 지식인 및 시인들이 민주화투쟁에 앞장서며 "새는 양쪽 날개로 난다"고 했었다. 그러나 이제 그쪽에서 정권을 잡자 우측 보수적 시각서 그 왼쪽 날개로만 나는 폐해를 비판하며 함께 날자는 시다.

그러면서 "세상 다 젖으라고/외쳐본 적이 있었던가/내가 젖고/네가 젖고/모두가 눅눅한 빗소리로 젖어/이제 그만 다투고/용서하고 안아 주고/쓰다듬어 주자/평등도 자유도/배고픈 이념도/가랑비는 아니란다/가난한 자도 젖고/배부른 자도 젖고/떠내려가자/함께 가자" (「동행」부분)며 그런 대결 양상을 끝내고 좌우며 빈부 등으로 갈리지 말고 함께 가자고 청유하고도 있다.

"뿌리 뽑힌 마늘이 나란히 묶여서/트럭에 실려 어디론가 가고 있다/차마 못 떨군 흙이 그것도 뿌리라고 악착스럽게 붙어 있다//쫓겨 떠난 삶이 하나 둘일까//뿌리도 다 못 내리고 쫓기던 사람들을 가없이 생각하는데/늦가을 햇살이 야무지다"

- 「마늘」전문

늦가을 햇살 아래 뿌리의 흙도 다 못 떨군 채 트럭에 실려 가는 마늘에서 그렇게 삶의 터전을 앗긴 채 떠도는 이웃을 걱정하고 있는 시다. 명령이나 청유의 주장이나 단호함 등 선전선동성 없이 서정적으로 쓰고 있어 이웃을 생각하는 간절한 마음이 더 잘 드러나고 있다. 특히 "늦가을 햇살이 야무지다"는 마지막 행이 그 서정적 울림을 더 크게 하고 있다.

"시인은 죽었다/처참하게 칼을 물고 죽었다/역사와 반도의 사람 앞에/지은 죄가 하도 많아/썩은 뿌리도 뽑지 못하고/반도의 잘린 허리를 부여안고/석 달 열흘 울다가 울다가/두견이도 불러 울다가/시인은 죽었다/도저히 막을 수 없는 탐욕이나/저 흐르는 부패의 골을/저 어둠의 골짜기를 검은 까마귀 떼/조국의 들을 덮는데/시인은 허망하게 죽었다/흰 피를 대지에 흩뿌리며/서러운 역사 하나 짓지 못해 죽었다는/그런 소식이 하늘에 씌어 있다"

- 「시인」 전문

분단의 질곡과 모순 속에 또 끼리끼리 갈가리 갈려 대립하는 이 땅의 역사와 현 시국에서 시인이란 과연 어떤 존재여야 할까를 떠올리게 하는 시다. 그런 질곡과 모순에서 벗어나게 하기 위해 죽을지언정 먼저 말하고 행동하는 것이 이런 시대 시인의 숙명임도 일깨우고 있다.

이 시를 읽으며 나는 소위 '남민전 전사 시인'으로 1970년대 저항시의 상징이 된 김남주 시인을 떠올렸다. 분단모순도 극복하고 또 빈부의 격차도 해소해 나남 없이 평등하고 행복한 세상을 열기 위해 부잣집 털어 가난한 자들에게 나눠 주려다 투옥, 사망에 이른 시인이 김남주 시인 아니던가.

179

또 시성(詩聖)으로 불리며 동양에서 최고 시인으로 떠받드는 당나라 두보를 떠올렸다. 동시대 시인 이백이 궁중시인 대접 받으며 고관대작들과 호방하게 노닐며 신선 세계를 읊어 시선(詩仙) 반열에 오른 반면 내란에 고통 받는 이웃과 산하를 걱정하는 시로써 성인 반열에 오른 시인이 두보 아니던가.

시인이라면 이렇게 자신이 발 딛고 살아가는 지금 이곳의 현실과 이웃을 나 몰라라 할 수 없다. 이번 시집에는 좌측 시각이든, 우측 입장이든 시국을 걱정하며 양측을 아우르며 함께 행복한 나라도 가자는 우국충정(憂國衷情)의 시편들도 눈에 많이 들어온다.

사랑과 그리움의 본질을 포착, 형상화하는 직관적 서정

"내 가득한 그리움/타래 머리 풀고/묵호항/난바다 바라보며/용서하리다, 그대"

아주 짧은 시 「묵호항」 전문이다. 짧아서, 역설적이어서 그리움을 더욱 더 사무치게 전하고 있다. 늘 품고는 있어 실감으로 다가오지만 막상 쓰려면 아득하기만 한 그리움이란 추상을 아주 구체적으로 묘사, 진술하고 있는 빼어난 시다.

오징어가 먹물을 풀어놓은 듯 먹빛 호수 같은 묵호(墨湖)항으로 들어온 바다. 그 묵호항 든바다를 시인은 속 다 타들어가 검댕이만 남은 그리움이 타래를 풀고 있는 것으로 보아내고 있다. 그러면서 멀리 한정 없이 푸른 난바다를 바라보며 용서를 다짐하고 있다. 그 용서의 대상은 바로 '그대', 시인의 속을 까맣게 태운 그리움일 것이다.

"어둠이 아름다울 수 있단다/슬픔이 아름다울 수 있단다/비오는 날에 마음이 아리듯/첫눈 내리면 가슴이 먹먹하듯/사노라면 밝음보다 어둠이 좋은 날도 있단다/먼 데를 보며 가버린 사람을 그려보는 어둠/어둠이 있어 사랑이 있단다"

- 「개기일식」 전문

대낮에 달이 해를 파먹어 가듯 가리며 마침내 완전히 칠흑 같은 어둔 세상을 낳는 게 개기일식이다. 그런 어둠을 보며 일반적으로 좋아하는 밝음에 가린 어두운 측면도 사노라면 좋을 때가 있음을 드러낸 시다. 특히 밝음 측면보다는 어둠이 있어 더 깊고 간절한 그리움을 낳는 게 사랑 아니던가.

"꽃이 제 마음껏 피어/그늘을 만드는 것을/진작 알지 못했다/찬란하게 행복하면/그늘을 만들어 주어라/그대가 꽃이거든" (「꽃그늘」 전문)처럼 꽃도 그늘이 있어 더 깊은 아름다움을 자아내고 행복도 불행을 맛보아야 비로소 행복인 줄 아는 게 세상 이치 아니겠는가.

"그대 깨끗한 나 하나의 사랑이여/희고도 흰 순수여/하늘의 푸름이 녹아 흰색의 꽃이여/세상에 꽃다운 꽃이여/사랑이여/사랑하는 그대를 보듯 연꽃을 보고 있나이다/설움 지우고 있나이다/보고픔 지우고 있나이다/가슴 가득 그대 안고 돌아가나이다."

하얀 연꽃을 보며 티 없이 맑고 순수한 '그대', 사랑과 그리움을 그리고 있는 시다. 하늘의 순수를 고스란히 담은 세상에서 가장 꽃다운 꽃이어서 불교에서 청정한 불법의 상징이 된 꽃이 연꽃이다.

그래서인가. 시인은 그런 연꽃에서 사랑과 그리움의 순수를 '-여'라는 감탄과 '-나이다'는 최상의 공경어법으로 보고 있다. 사랑의 그림자인 설움이나 보고픔의 갈애(渴愛) 등도 지우고 허정(虛靜)하게 될 때 사랑은 더욱 깊어지고 그리움은 가없이 퍼지는 것 아닌가. 그래서 시인은 연꽃을 보며 그런 사랑과 그리움을 깨우치며 돌아간다 하고 있지 않은가.

"너는 어디엔가 있고/언제나 있다/바람 소리 속에도/인연의 속살은 보인다/이인칭인데도 너는/꽃으로도 있고/나무로도 있는데/천둥으로 있고/벼락으로도 있다/밤일 땐 아침으로/아침일 땐 밤으로 있는/너는/있다/있음으로 슬프거나 있음으로 기쁜/와중에/생각의 샘에 낮달로 뜬다/너는"

그리움과 사랑의 허정함을 깨치고 회향(廻向)해 삼라만상을 대하면 그 대상인 '너'는 언제 어디든 편재(遍在)해 있다. 불교에서 말하는 '월인천강(月印千江)'처럼. 달빛이 모든 강을 고루 비추듯, 부처가 몸 바꾸어 삼라만상으로 현현(顯現)하듯 사랑의 얼굴과 마음, 그리움 또한 만상에 배어 있지 않던가. 우리네 사랑도, 너와 만나서 사랑으로 하나 되고픈 그리움도 순간순간 바람 소리, 꽃, 나무, 천둥, 벼락 등 보고 듣는 대상마다에 들어 있다는 것을 사랑과 갈애에 빠졌던 사람들은 다들 애타게 체험해 익히 알 것이다.

불교에서는 "인연의 속살"의 인연, 인과응보가 만물을 낳고 사랑과 그리움을 낳고 있다고 보고 있다. 현대물리학에서는 서로가 서로를 끌어당기는 인력(引力)이 우주를 낳았다고 보고 있다.

캄캄한 어둠 속에서 가스인지 안개인지 형체도 못 갖춘 것들이 서로서로를 끓어 당겨 뭉치고 뭉치다 마침내 한 점 빛으로 폭발한 그 파장이 태양도 낳고 지구도 낳고 돌이며 꽃이며 천둥도 낳으며 우주 삼라만상의 파노라마를 펼치고 있다는 게 우주 탄생의 정설이 돼 가고 있는 대폭발, 빅뱅이론 아닌가.

원자니 입자니 하는 형체도 못 갖춘 것들이 외로워 뭔가가 되려고 서로가 시로를 끌어당기는 힘, 나는 그 인력을 사랑과 그리움으로 보고 싶다. 그래 너와 꽃과 저 별들을 끌어당겨 다시 하나가 되고 싶은 게 그리움의 본질이고 시의 핵인 서정 아니겠는가.

그래서 나는 서정을 '너와 나의 외로움이 만나는 순간의 포에지'보고 있다. 위 시 「너」는 인연의 속살들을 늘어놓으며 말을 아끼지는 않았으나 그런 서정의 본질을 직관적으로 꿰뚫고 있는 범상치 않은 시다.

"한 백 년 지나서/너와 함께한/바닷가 블루 모텔을 지날 때/파도 소리는 깊어가고/사연은/조도 낮은 불빛에 가득하리/그 어느 기억보다도 초조한/실내등이 켜지고/낯선 두 눈길은 젖

어 마주치리/청춘을 지나서/실패한 사랑을 다시 도모하며/실
낙원에 꽃나무를 심으면/모두가 연인이 되어/비틀거리던 선
술집도 어둠에 싸이고/릴케보다는/애드가 앨런 포가 찾던/바
닷가 여인의 등 뒤로/문이 닫히던 칠흑 같은 어둠/어떤 것도
남기지 않는 사랑/어떤 것도 기억하지 말자던 사랑/블루 모텔
엔 추억만 있고/블루 모텔엔 망각만 있어서/청춘을 지나서/
실패한 사랑을 다시 도모하며/파도 소리는 깊어만 가더라"

- 「블루 모텔」 전문

시공을 뛰어넘어 편재해 있지만 아득하기만 한 그리움을 감각
적, 구체적으로 잘 잡아낸 시다. "사연은/조도 낮은 불빛에 가득
하리"라며 하룻밤이면 만리장성을 쌓는다는 그 사연을 감각적으
로 압축하고 있다. 또 "그 어느 기억보다도 초조한/실내등"이라며
그 설렘과 초조함을 실내등 불빛으로 감각화하는 부분에서는 시
적 기량도 잘 드러나 있다.

사랑, 그리움이란 편재해 있어 이렇게 다시 도모하게 하는 인력
이 있다. 매양 삶을 새롭게 도모하게 하며 우리네 인생을 가없이
깊고 오묘하게 만드는 게 사랑이고 그리움 아니겠는가. 그런 생의
본질을 추억의 모텔을 통해 감각적으로 생생하게 전하고 있어 대
중적 울림을 주면서도 속이 깊은 시가 「블루 모텔」이다.

이처럼 이번 시집에는 사랑과 그리움의 시편과 시 구절들이 편
재해 있다. 어릴 적 고향의 가스네로부터 비롯되어 아내와 친구
와 또 다른 구체적인 대상은 물론 우주 삼라만상으로 번져가는

사랑과 그리움은 종교와 우주를 운항하는 순리인 도(道)의 경지까지 넘나들며 우리네 현실적 삶에 깊고 오묘한 의미를 더해 주고 있다.

이렇게 이기홍 시인의 이번 시집 『낮달이 있는 저녁』은 소재의 폭도 넓고 주제도 깊이가 있다. 존재의 집이랄 수 있는 언어와 시에 대한 시부터 고향과 일상과 시국과 사랑과 그리움을 소재와 주제로 잡은 시까지. 이 폭넓고 깊은 시편들은 그러나 우리가 몸담고 있는 일상에서 마치 일기처럼 우러나고 있어 쉽고 자연스럽게 읽히는 게 이번 시집의 특장이다.

불가(佛家)에 흔히 쓰는 용어로 '평상심시도(平常心是道)'라는 말이 있다. 밥 먹고 일 하고 사랑하고 자고 하는 우리 일상에서 우러나는 평상심이 곧 도라는 것이다. 범접할 수 없이 저 멀리에 추상적, 개념적으로 따로 떨어져 있는 게 도며 진리가 아니란 말이다. 그러나 이리저리 혹하고 흔들리는 마음에 어디 평상심 잡기가 쉽겠는가.

그럼에도 이번 시집은 그런 일상의 평상심에서 가식 없이 우러나고 있어 신뢰가 간다. 불가에서 평상심을 수행의 궁극의 도로 여기듯 시에서도 평상심이 곧 시심이다. 그런 평상심을 곧이곧대로 펴고 있어 시심의 원광석 같은 시집으로 이번 시집을 읽은 것이다. 독자들과의 허정하면서도 깊고 폭넓은 감동을 위한 시법(詩法)에 좀 더 유의하며 우리 시단에 순수하고 귀한 시인으로 일가 이뤄나가시길 빈다.

일송북시선

낮달이 있는 저녁

1판 1쇄 인쇄 ｜ 2019년 1월 10일
1판 1쇄 발행 ｜ 2019년 1월 15일

지 은 이 ｜ 이기홍
펴 낸 이 ｜ 천봉재
펴 낸 곳 ｜ 일송북

주   소 ｜ 서울시 성북구 성북로 4길 27-19(2층)
전   화 ｜ 02-2299-1290~1
팩   스 ｜ 02-2299-1292
이 메 일 ｜ minato3@hanmail.net
홈페이지 ｜ www.ilsongbook.com
등   록 ｜ 1998.8.13(제 303-3030000251002006000049호)

ⓒ이기홍 2018
ISBN 978-89-5732-268-0 (03800)
값 10,800원
CIP제어번호 2018039796

이문열 《아우와의 만남》
이문열의 소설을 다 읽었다 해도 이 책에 수록된 작품들을 읽지 않고는 결코 이문열 문학을 논할 수 없다!

박범신 《겨울강 하늬바람》
영원한 청년 작가 박범신이 혼신의 힘을 다해서 쓴 이 소설에는 시대의 아픔을 껴안는 그의 문학 정신이 녹아 있다.

이청준 《날개의 집》
초기작부터 최근작에 이르기까지, 이청준 문학의 큰 흐름을 형성하는 소설 중에서 가장 중요한 작품들을 엄선했다.

이승우 《에리직톤의 초상》
'스물두 살의 천재'라는 찬사를 들으며 화려하게 등단한 이래 관념을 소설화하는 독특한 작품세계를 펼쳐 온 이승우의 대표작!

박영한 《왕룡일가》
서울 근교의 우묵배미라는 농촌을 삶의 무대로 살아가는 사람들의 슬프지만 우스꽝스런 이야기들을 형상화한 박영한의 대표작!

윤흥길 《낫》
일본에서 먼저 출간되어 대단한 화제를 불러일으킨 이 작품은 윤흥길 소설만이 갖고 있는 특별한 매력을 물씬 풍기고 있다.

전상국 《유정의 사랑》
전형적인 사랑 이야기와 김유정의 평전이 자연스레 녹아 한 편의 퓨전 소설 형식을 취하며 문학의 새 지평을 연 놀라운 작품이다

윤후명 《무지개를 오르는 발걸음》
윤후명이 아니면 도저히 쓸 수 없는 특유의 문체와 독특한 작품 분위기, 그리고 각별한 재미!

이순원 《램프 속의 여자》
전방위 작가 이순원이 외롭고 슬픈 한 여자를 통해 우리가 살아온 각 시대의 성의 사회사를 살펴본 탁월한 소설이다.

고은주 《아름다운 여름》
아나운서인 여자와 우울증 환자인 남자의 이야기를 통해 '진짜' 당신을 만날 수 있게 해주는 '오늘의 작가 상' 수상작.

이호철 《판문점》
분단 문학을 새로운 차원으로 끌어올린 이호철의 대 표작 중 미국과 프랑스에서 출간되어 호평 받은 작 품만을 엄선했다.

서영은 《시간의 얼굴》
'너를 진정으로 사랑하여 나를 부수고 다른 나로 태어나려는' 주인공의 열망을 심정적으로 온전히 치른 역작.

김원우 《짐승의 시간》
유니크한 작품세계를 구축하고 있는 김원우 문학의 원형을 보여주는, 젊은 시절의 열정을 고스란히 바 친 첫 번째 장편소설.

한승원 《아버지와 아들》
토속적인 세계와 역사의식을 통해 민족적인 비극과 한을 소설화하면서 독보적인 세계를 구축한 한승원 의 '기리야마 환태평양 도서상' 수상작.

송영 《금지된 시간》

미국 펜클럽 기관지에 소설이 소개되어 새롭게 주목받은 송영이 심혈을 기울여서 쓴 한 몽상가의 이야기.

조성기 《우리 시대의 사랑》

성과 사랑의 경계에 대한 질문을 던지며 많은 화제를 모았던 이 작품은 조성기를 인기 소설가로 만들어준 출세작이다.

구효서 《낯선 여름》

다양한 주제를 섭렵하면서 독특한 자기 세계를 구축하고 있는 우리 시대의 중요한 소설가 구효서의 야심작.

한수산 《푸른 수첩》

짙은 감성과 화려한 문체로 한 시대를 풍미했던 한수산이 전성기 때의 문학적 열정으로 그려낸 빛나는 언어의 축제.

문순태 《징소리》

향토색 짙은 작품으로 우리 소설의 한 축을 굳게 지키고 있는 문순태는 이 작품에서 한에 대한 미학의 극치를 보여준다.

김주영 《즐거운 우리집》

한국 문단의 탁월한 이야기꾼 김주영의 주옥같은 작품들을 한자리에 묶은 대표작 모음집.

조정래 《유형의 땅》

'네티즌이 선정한 2005 대한민국 대표작가' 조정래의 문학적 뿌리는 이 책에 수록된 빛나는 단편 소설이다.